Barbara Cartland

Título original: A Heart in the Highlands

Barbara Cartland Ebooks Ltd
Esta edición © 2013

Derechos Reservados Cartland Promotions

Este libro se vende bajo la condición de no ser distribuido, prestado, revendido, alquilado o de alguna otra forma puesto en circulación, sin el consentimiento previo del editor.

Ninguna parte de esta publicación puede ser reproducido o trasmitido de ninguna forma o medio, electrónico o mecánico, incluyendo fotocopiado, grabación o cualquier tipo de almacenamiento informativo, sin el consentimiento previo y por escrito del editor.

Los personajes y situaciones de este libro son imaginarios y no tienen ninguna relación con personas reales o situaciones que suceden actualmente.

Diseño de libro por M-Y Books

m-ybooks.co.uk

La Colección Eterna de Barbara Cartland.

La Colección Eterna de Barbara Cartland es la única oportunidad de coleccionar todas las quinientas hermosas novelas románticas escritas por la más connotada y siempre recordada escritora romántica.

Denominada la Colección Eterna debido a las inspirantes historias de amor, tal y como el amor nos inspira en todos los tiempos. Los libros serán publicados en internet ofreciendo cuatro títulos mensuales hasta que todas las quinientas novelas estén disponibles.

La Colección Eterna, mostrando un romance puro y clásico tal y como es el amor en todo el mundo y en todas las épocas.

LA FINADA DAMA BARBARA CARTLAND

Barbara Cartland, quien nos dejó en Mayo del 2000 a la grandiosa edad de noventaiocho años, permanece como una de las novelistas románticas más famosa. Con ventas mundiales de más de un billón de libros, sus sobresalientes 723 títulos han sido publicados en treintaiseis idiomas, disponibles así para todos los lectores que disfrutan del romance en el mundo.

Escribió su primer libro "El Rompecabeza" a la edad de 21 años, convirtiéndose desde su inicio en un éxito de librería. Basada en este éxito inicial, empezó a escribir continuamente a lo largo de toda su vida, logrando éxitos de librería durante 76 sorprendentes años. Además de la legión de seguidores de sus libros en el Reino Unido y en Europa, sus libros han sido inmensamente populares en los Estados Unidos de Norte América. En 1976, Barbara Cartland alcanzó el logro nunca antes alcanzado de mantener dos de sus títulos como números 1 y 2 en la prestigiosa lista de Exitos de Librería de B. Dalton

A pesar de ser frecuentemente conocida como la "Reina del Romance", Barbara Cartland también escribió varias biografías históricas, seis autobiografías y numerosas obras de teatro así como libros sobre la vida, el amor, la salud y la gastronomía. Llegó a ser conocida como una de las más populares personalidades de las comunicaciones y vestida con el color rosa como su sello de identificación, Barbara habló en radio y en televisión sobre temas sociales y políticos al igual que en muchas presentaciones personales.

En 1991, se le concedió el honor de Dama de la Orden del Imperio Británico por su contribución a la literatura y por su trabajo en causas a favor de la humanidad y de los más necesitados.

Conocida por su belleza, estilo y vitalidad, Barbara Cartland se convirtió en una leyenda durante su vida. Mejor recordada por sus maravillosas novelas románticas y amada por millones de lectores a través el mundo, sus libros permanecen atesorando a sus héroes valientes, a sus valerosas heroínas y a los valores tradiciones. Pero por sobre todo, es la , primordial creencia de Barbara Cartland en el valor positivo del amor para ayudar, curar y mejorar la calidad de vida de todos que la convierte en un ser verdaderamente único.

Capítulo 1
1885

CON UN SUSPIRO de alivio, el Duque de Strathvegon pensó que la Cena oficial estaba llegando a su fin.

Lamentaba que la calidad de la comida no hubiese estado a la altura de la belleza del Salón que debía sus proporciones y sus cuadros a Jorge IV.

Siempre que le era posible, evitaba las invitaciones que con tanta frecuencia recibía del Príncipe de Gales.

La Princesa Alejandra, muy bella, como siempre, se puso de pie y las Damas se dirigieron hacia la puerta con el acostumbrado revuelo de vestidos y tintinear de las joyas.

El Duque miró a la Condesa de Wallington y le pareció que estaba más pálida que de costumbre.

Ella era, sin lugar a dudas, la mujer más bella de Londres.

Los diamantes y zafiros de su collar hacían relucir la blancura casi transparente de su piel, y sus ojos azules brillaban como estrellas.

Cuando pasó junto a él, el Duque percibió en su mirada una expresión que no pudo comprender, pero sospechó que algo no andaba bien.

Se preguntaba de qué se trataría y cuando el Príncipe le pidió que lo acompañara en la cabecera de la mesa, le resultó muy difícil concentrarse en la charla de Su Alteza Real.

El Duque estaba pensando en lo apasionada que Hermione Wallington se había mostrado la noche anterior. Cuando iba hacia su Casa cerca del amanecer, había pensado que jamás una aventura amorosa le había resultado más placentera.

Ahora, cuando el Príncipe de Gales comenzó a hablar acerca de caballos, el Duque se olvidó de la Condesa por el momento e incluso hizo varios comentarios graciosos que divirtieron a Su Alteza.

Cuando los Caballeros se reunieron con las Damas, ya algunos de los invitados mostraban la inquietud de quienes desean que la velada llegue a su fin.

Tan pronto como sus Altezas Reales se despidieron de sus invitados de honor y abandonaron el Salón, todos los demás comenzaron a despedirse.

Como Dama de Honor de la Princesa Alejandra, Hermione Wallington debía salir justo detrás de la Pareja Real. Por lo tanto, le hizo una reverencia al invitado de honor y tendió la mano al Duque.

Al tomarla, él notó que le ponía algo en la palma y de inmediato cerró la mano.

—Buenas noches, Su Señoría —murmuró Hermione con la debida formalidad debida y, tras despedirse de algunas personas más, se dirigió a la puerta.

Al Duque le fue imposible cerciorarse de lo que ella le había entregado hasta que varios de los otros invitados se hubieron retirado.

Entonces, acercándose a una de las ventanas como para ver si estaba lloviendo, pudo ver lo que había escrito en el pedacito de papel que Hermione le había pasado subrepticiamente:

Ven a verme de inmediato.
Estoy desesperada.

Por un momento, el Duque se quedó mirando el papel como si no pudiera creer lo que sus ojos leían. De pronto, una voz grave dijo junto a él:

—¿Se preocupa porque la lluvia pueda afectar a sus caballos mañana?

Haciendo un esfuerzo, el Duque recordó que tenía un caballo que correría en Epson y respondió:

—En realidad, Señor, estaba pensando en lo desagradable que sería tener que verlo correr bajo la lluvia. El Primer Ministro sonrió.

—Estoy de acuerdo con usted, pero creo que no hará mal tiempo.

En cualquier otra situación, el Duque se hubiera quedado para conversar con el Señor Gladstone.

Le daba pena ya que la Reina no ocultaba su desprecio por él. Incluso lo culpaba de la muerte del

General Gordon en Khartum a principios de aquel año.

El Duque siempre se esforzaba por mostrarse agradable cuando se encontraba con alguien en desgracia, y estaba seguro de que los días del Señor Gladstone como Primer Ministro estaban contados.

No obstante, por el momento la llamada de Hermione era lo que más le importaba.

Los Sirvientes de peluca empolvada le trajeron su carruaje y cuando estuvo dentro de éste, volvió a mirar el trozo de papel.

Le resultó difícil distinguir las palabras de Hermione a la luz de las linternas del coche; pero una vez que hubo releído el mensaje, se preguntó qué podía haber ocurrido.

La noche anterior habían decidido no entrevistarse aquella noche, sino cenar al día siguiente. Entonces aún no habría regresado el Conde de Wallington, que había sido enviado a París por el Primer Ministro en misión especial.

—Estaré contando las horas hasta que nos podamos volver a ver —había dicho Hermione con su voz suave y seductora—, pero resultará demasiado evidente si salimos de Palacio al mismo tiempo y nadie ve a ninguno de los dos en otra parte esa noche.

—Estoy de acuerdo contigo —respondió el Duque—, así que voy a pasar por White. Allí habrá un buen número de chismosos que se percatarán de mi presencia. Hermione se le acercó un poco más al decir:

—Yo pasaré un momento por la fiesta que se celebra en la Casa Devonshire.

Suspiró antes de añadir:

—Será una agonía hasta que podamos volver a estar juntos, pero debemos ser muy cautos, pues George es muy celoso.

El Duque la besó pensando que no era extraño que el Conde sintiera celos con una mujer tan bella. Hermione Wallington había causado sensación en Londres desde el momento en que apareció en la escena social a la edad de diecisiete años.

Era imposible que los socios de los Clubes de la Calle St. James no se hubieran dedicado a elogiar su hermosura. También era inevitable que hiciera una Boda brillante durante su primera Temporada Social.

En un principio, las apuestas estuvieron a favor de cierto Marqués viudo que andaba en pos de una segunda esposa que le diera el heredero no logrado en el primer Matrimonio.

Sin embargo, el Conde de Wallington que era rico, distinguido y sólo veinte años mayor que Hermione, fue quien la conquistó.

Se casaron un mes antes que terminara la temporada y, en muy poco tiempo, Hermione dio a luz un hijo y una hija.

Poco después regresó del Campo e impresionó a la sociedad de Londres una vez más, como si se tratara de un meteoro.

Para entonces el Conde tenía un puesto importantísimo en el Ministerio de Asuntos Exteriores, por lo que con frecuencia necesitaba viajar al extranjero en Misión Diplomática.

Era imposible que su esposa lo acompañara siempre. Por otra parte, ella no tenía ningún deseo de apartarse de las adulaciones de los Caballeros que acudían a su Casa de la Plaza Berkeley.

Cuando tuvo su primer amante, la aterraba tanto el ser descubierta, que la experiencia no resultó muy grata. Los dos siguientes fueron episodios agradables, pero cuando conoció al Duque se enamoró.

No era extraño.

El Duque de Strathvegon sobresalía por encima de los distinguidos aristócratas que asistían a los Salones de la Sociedad más brillante y selecta de Europa. Su condición de escocés hacía que pareciera diferente a los demás hombres. Había heredado los cabellos rubios, así como la estatura y la figura robusta de un antepasado vikingo que invadiera las costas de Escocia.

Cuando vestía el traje típico de las tierras altas escocesas, su aspecto era tan impresionante que ninguna mujer podía evitar que su corazón latiera con frenesí al verlo.

Por primera vez en su vida, Hermione perdió la calma. Se había sentido encantada de convertirse en Condesa antes de los dieciocho años y quería a su esposo aunque le tenía un poco de miedo.

Pero sólo pudo conocer los deleites y alegrías de la pasión cuando conoció al Duque, quien le hizo descubrir realmente su femineidad.

Hermione entregó al Duque no sólo su cuerpo y su corazón, sino también su alma.

No era muy inteligente y, como se acostumbraba entre las Familias Aristocráticas de la época, su educación había sido bastante deficiente en el aspecto cultural. Sus hermanos habían ido primero a Eton y después a Oxford, mientras que ella leía sólo algunos libros de historia y luchaba con la tabla de multiplicar.

Encontraba muy aburridas las lecciones, sobre todo las que exigían redactar largos extractos de los libros que su Institutriz consideraba los clásicos imprescindibles.

Pero al Duque no le interesaba el cerebro de Hermione. Su cuerpo era fascinante y, además, poseía un encanto que era la envidia incluso de las mujeres más bellas de la época.

Con su experiencia de conquistador, el Duque sabía que su amor la había hecho cambiar de capullo a medio abrir a rosa en todo su esplendor.

Consciente de lo indiscretas e impulsivas que podían ser las mujeres, procuró aleccionarla acerca de lo muy cauta que debería mostrarse ante su marido, el Conde de Wallington.

—Debes manifestarle mucho afecto —le aconsejó y, por favor, haz caso a cuanto te diga.

—Es difícil hacerlo cuando estoy pensando en ti —le contestó Hermione.

—Tal vez —sonrió el Duque—. Pero si él sospechara, podría evitar que nos volviésemos a ver.

Ella lanzó un grito sofocado y lo rodeó con sus brazos.

—¡No puedo perderte, Kenyon! ¿Cómo podría vivir entonces? ¡Yo te amo, te amo! Si no me permiten volver a verte, ¡prefiero morir!

Hermione era demasiado comunicativa y el Duque sabía que eso era peligroso.

—Escúchame —le repetía-: Tienes que ser sensata y prometerme que no confiarás en nadie.

Pero le constaba lo difícil que resulta para una mujer enamorada no hablar del ser amado con sus mejores amigas. Y el resultado inevitable era que el chismorreo se extendía por todo Londres en veinticuatro horas.

—¡Si no le cuento nada a nadie! —replicaba Hermione—. La única persona que conoce nuestro secreto es mi Doncella Personal.

El Duque se resignaba. En toda relación amorosa tenía que haber lo que los franceses llaman «*el cómplice de amor*». Hermione decía que Jones, su Doncella, la adoraba y jamás la traicionaría.

Al pasar frente al Palacio de St. James y continuar por la calle del mismo nombre, el Duque seguía preguntándose qué podía haber salido mal.

Cuando pasó frente al Club White, pensó que era un error no presentarse allí tal como había planeado. Incluso se había citado con un amigo para jugar a las cartas tan pronto como pudiera salir de Palacio.

El carruaje se detuvo por fin frente a la Casa Wallington, en la Plaza Berkeley.

El Duque se bajó y dijo a su lacayo:

—Regresaré andando.

Antes de que pudiera llamar a la puerta, ésta se abrió. Al entrar observó que en el vestíbulo sólo estaba Jones, la Doncella.

El Lacayo de Guardia había sido enviado a la cama y, al igual que la víspera, el Duque se dirigió a la escalera.

—La Señora se encuentra en el Salón de Recibir, Su Señoría —indicó Jones en un susurro.

El Duque levantó las cejas, pero no hizo ninguna pregunta. Se limitó a dirigirse al Salón, situado al otro lado del Vestíbulo.

Era una bonita habitación cuyas ventanas daban a un pequeño Jardín en la parte posterior de la Casa, pero Hermione jamás lo esperaba allí.

Siempre lo hacía en su *Saloncito*, vestida con una *bata de noche* casi transparente que, más que ocultar, revelaba sus atractivos.

Ahora, al entrar, el Duque notó que no se había quitado el vestido que luciera en la recepción de Palacio aunque sí se había despojado de la tiara de zafiros.

Al verlo entrar, la mujer lanzó una exclamación y se levantó del sofá en el que estaba sentada.

El Duque cerró la puerta y fue a su encuentro.

—¿Qué ha sucedido? —preguntó.

Apenas había pronunciado estas palabras cuando Hermione se abrazó a él de manera convulsiva y escondió la cara en su pecho.

Él la rodeó con sus brazos y preguntó una vez más:

—¿Qué te ha ocurrido?

—¡Oh, Kenyon, Kenyon...! ¿Cómo decírtelo? —sollozó Hermione, cuyo cuerpo temblaba contra el del hombre—. ¿Cómo voy a poder soportarlo? ¡Oh, Kenyon..!, ¿qué voy a hacer?

El Duque la condujo hasta el sofá con mucha delicadeza.

Tomaron asiento y él procuraba calmarla diciendo:

—Deja de llorar, pequeña, y explícame con detalle qué ha ocurrido. Entre los dos buscaremos la solución.

—Yo... tenía mucho miedo de que no vinieras esta noche.

—Pero aquí estoy —dijo él— y dispuesto a escucharte.

Hermione levantó la cabeza y él, al ver las lágrimas que corrían por sus mejillas, pensó que estaba aún más bella que en la velada de Palacio.

—¡George... lo sabe todo! —balbuceó angustiada.

Era lo que el Duque imaginaba, pero le impresionó escucharlo de sus labios.

—¿Cómo se enteró? ¿Ha regresado?

—No, todavía no, pero cuando regrese..., ¡te matará!

—No lo considero probable —opuso el Duque.

—¡Lo hará, lo hará! —insistió Hermione—. Te retará en duelo y está determinado a matarte.

—Seguro que exageras. Pero dime, ¿cómo sabes eso?

Mientras hablaba, el Duque sacó el pañuelo del bolsillo y le enjugó las lágrimas a Hermione.

—¿Qué vamos a hacer? ¿Cómo afrontar esta situación? —gemía ella.

—Antes que nada, responde a mi pregunta —sugirió el Duque con calma—. ¿Cómo sabes que tu esposo está al tanto de lo nuestro?

Hermione sollozó.

—Dawkins, el Ayuda de Cámara de George, pretende a Jones. Él le escribió desde París y le cuenta que George nos ha hecho vigilar desde hace algún tiempo y que le llegó un informe junto con unos papeles muy importantes del Ministerio.

El Duque apretó los labios antes de preguntar:

—¿Te estaban siguiendo y no te diste cuenta? —¿Cómo lo iba a saber? ¿Cómo podía yo adivinar...? ¡Oh, Kenyon, Kenyon, no puedo dejar que te mate...! ¿Cómo podría vivir sin ti!

Le echó los brazos al cuello y él la besó distraídamente porque estaba pensando en lo que acababa de saber. Alzó la cabeza y pidió:

—Dime exactamente qué fue lo que escribió el Ayuda de Cámara.

—Que... que George está furioso y ha jurado..., ¡matarte! ¡En cuanto regrese te retará en duelo!

—¿Cuándo vuelve? —preguntó el Duque, comprendiendo que se encontraba en una situación comprometida por demás.

—El viernes —respondió Hermione—. Mañana tiene una cita importante y después hay una Cena a la que no puede faltar.

El Duque pensó que aquello le daba algo de tiempo. Como él no pronunciaba palabra, Hermione exclamó:

—¡Piensa en el escándalo! Piensa en lo furiosa que se pondrá la Reina, ahora que ha prohibido los duelos.

—Pero todavía se llevan a cabo —dijo él secamente.

—Si George te mata tendré que irme con él al extranjero por lo menos tres o cuatro años. ¡Oh, Kenyon!, ¿cómo podría soportar eso? ¿Cómo podría... abandonarlo todo?

Sin pensarlo, dirigió la mirada hacia la miniatura que llevaba en el hombro, distintivo de las Damas de Honor de la Princesa Alejandra.

El Duque se incorporó para dirigirse a la chimenea.

—Tenemos que ser razonables, Hermione.

—¿Qué quieres decir con eso? Regresará, te retará a un duelo... y, ¿cómo podrías negarte sin que te califiquen de cobarde...? ¡Dios mío, qué horror! Me acusarán de haber provocado tu muerte y nadie me volverá a dirigir la palabra.

Hermione comenzó a llorar y el Duque volvió junto a ella para abrazarla.

—Escúchame, Querida, lo más importante es que tú niegues todas las acusaciones que te hagan.

—Pero George no me creerá —objetó Hermione sollozando—. Bien sabes lo celoso que es. Ya me había amenazado con dejar a uno de sus parientes en Casa cuando salga de viaje. ¿Te das cuenta? ¡Un espía para informarle de cuanto hago, las personas que veo...!

El Duque pensó que quizá un pariente hubiera sido más fácil de controlar que un espía desconocido, pero no tenía objeto comentarlo ahora.

Le parecía increíble haber sido tan descuidado como para no sospechar que el Conde haría vigilar a su esposa. George Wallington un hombre impulsivo, pero inconstante. Lo más probable era que cuando reflexionara sobre el asunto, se conformase con herirlo de gravedad. Mas esto, aparte del daño físico que implicaba, bastaría para provocar un escándalo que repercutiría en todo Mayfair. Siendo tan bella, era inevitable que Hermione hubiera despertado la envidia de muchas mujeres, que ahora estarían contentas de bajarla del pedestal donde la Sociedad la había colocado, no sólo por la importancia de su esposo, sino también por su condición de Dama de Honor de la Princesa Alejandra.

El Duque había estado pensando en cómo evitar lo que sin duda sería una catástrofe para él y para Hermione, y estrechó a la mujer entre sus brazos diciendo:

—Escúchame, querida, es muy importante que hagas exactamente lo que yo te indique.

—¡Oh, Kenyon, lo único que deseo es llorar! —gimió Hermione.

—Eso es precisamente algo que no debes hacer.

—¿Cómo evitarlo?

—Tienes que evitarlo para desempeñar tu papel de manera convincente.

—¿Qué papel?

Hermione miró al Duque de una manera patética y él pensó que, aunque tenía veintiocho años, era muy joven e indefensa.

Con una expresión muy tierna en los ojos le dijo:

—Estamos en un aprieto; sin embargo, de algún modo saldremos de él.

—¿Cómo? —preguntó ella.

—Antes que nada, tienes que fingir que no sabes nada acerca de esas acusaciones, ¿me entiendes? ¡Nada! Cuando tu marido regrese debes aparentar una gran sorpresa de que él pueda pensar algo tan cruel, cuando sabe que le amas.

—¡Pero yo no le amo! —murmuró Hermione—. ¡Yo te amo a ti!

Una vez más las lágrimas le humedecieron los ojos y comenzaron a rodarle por las mejillas.

—¡Tanto como yo a ti! —respondió el Duque—. Pero no te serviré de mucho si estoy muerto. Tú no querrás abandonar las Fiestas y los Bailes y enterrarte en el Campo donde no verás a nadie, ¿verdad?

Hermione lanzó una exclamación.

—¡Kenyon! Se me olvidó decirte... George no me recluirá en el Campo. ¡Se va a divorciar de mí!

El Duque se puso tenso.

—¿Cómo sabes...?

—Dawkins, el Ayuda de Cámara, lo pone al final de la carta. No me atreví a decírtelo.... pero si tú estás muerto y yo divorciada... nadie querrá casarse conmigo.

El Duque sintió como si se hubiera perdido en un laberinto del cual no lograba salir. Pero si Hermione estaba dejándose llevar por el pánico, él debía conservar la serenidad. Ella lloraba de nuevo con desesperación. La abrazó mientras su mente trataba de encontrar una salida de aquella prisión que parecía cerrarse cada vez más.

—Hemos de salvarnos —dijo— y tú tienes que hacer exactamente lo que te pido, Hermione.

Ella levantó la cabeza.

—Yo... lo intentaré.

—Eso es lo que quiero que digas —sonrió él—, y también espero que seas muy valiente.

Como si le hablara a un niño, repitió con mucha calma lo que ya le había dicho: ella debería fingir inocencia total y, previamente a las acusaciones, mostrarse contenta y despreocupada. En ningún momento debería manifestar su inquietud.

—¿Cómo podré... si ya estoy aterrada esperando el regreso de George? —preguntó Hermione.

—Tienes que representar tu papel tan bien como si estuvieras en un Teatro delante de un público.

Le repitió las instrucciones una vez más y después explicó:

—Mañana iré a montar al Parque y si por casualidad nos encontramos, te diré qué más he planeado.

—¿Montar... en el Parque? —repitió Hermione—. ¿Por qué hacer eso?

—Porque así la gente que te vea no pensará que te sientes preocupada y verán que estamos encantados de vernos.

—No... no comprendo.

—Lo peor que podrías hacer es quedarte en la casa llorando. Si alguien de tu Servidumbre es quien nos vigila, en seguida se lo comunicaría a tu esposo y él lo tomaría como una prueba más de tu infidelidad.

Hermione lanzó un grito de horror y el Duque agregó:

—Mientras tanto, estoy seguro de que podré encontrar la manera de evitar el verme comprometido en un duelo.

—¿Cómo podrás hacerlo?

—Podría marcharme de viaje.

—Entonces todos estarán seguros de nuestra culpabilidad —objetó Hermione—, sobre todo ahora que tienes caballos compitiendo en todas las Carreras importantes.

El Duque pensó que aquello era el primer comentario inteligente que ella había hecho hasta ahora, pero se limitó a responder:

—Estoy seguro de que hay una salida y lo único que necesito es tiempo para pensar. Ahora, por favor, Querida, haz lo que yo te he pedido, representa de manera irreprochable el papel de esposa joven y feliz.

—¡Pero... yo no soy feliz! —gimió Hermione.

El Duque decidió que las palabras estaban de más. Besó y acarició a Hermione hasta que ésta se olvidó de sus lágrimas, al menos por el momento. Momentos después, él se puso de pie.

—Ahora me voy —dijo él—, pero nos reuniremos mañana temprano en el Parque y aparentaremos charlar acerca de la Fiesta de esta noche y de nada más.

—¡Oh, Kenyon, estoy segura de que voy a perder el dominio de mis nervios y me pondré a llorar! —exclamó Hermione.

—Si lo haces, lo echarás a perder todo. Confía en mí y, si me amas, sigue mis indicaciones.

El Duque la volvió a besar para evitar que dijese nada más.

Cuando se dio cuenta de que él se marchaba, Hermione le tendió los brazos.

—Kenyon, quédate conmigo.... por favor.

—Esta noche no. Aparte del peligro que eso representaría, sería perjudicial por la manera en que te sientes.

—De cualquier forma, yo... te amo.

Él la besó nuevamente y, cuando ella intentó retenerlo, se zafó de sus manos.

—A las diez de la mañana en el Parque —le recordó—, y procura estar lo más bella posible, porque así quiero verte.

Abrió la puerta, salió aprisa y cerró tras de sí. Jones se encontraba sentada en la silla que normalmente ocupaba el Lacayo de Guardia.

El Duque deslizó varias monedas de oro en su mano y cuando la mujer abrió la puerta principal, le recomendó:

—Cuide mucho a la Señora y gracias por avisarnos.

—Cuídese mucho Su Señoría —respondió Jones—. El amo tiene un carácter muy violento cuando se enoja.

El Duque no respondió.

Salió de la Sasa, esperando que el Sereno no se encontrara todavía de Ronda, y se dirigió rápidamente por Hill Street a Park Lane.

La Casa Strathvegon era una Mansión Señorial edificada por su Abuelo cincuenta años atrás.

El Duque entró en el Vestíbulo, le entregó el sombrero y la capa al Lacayo de Guardia y, sin decir nada, subió la escalera.

De pronto sentía un fuerte deseo de hablar con su Madre. La dama, que residía en Escocia casi todo el año, estaba pasando unos días con él, porque deseaba estar presente en varias ceremonias de la Corte que tenían lugar en aquella época del año.

Era ya casi media noche, pero el Duque estaba seguro de que su Madre aún permanecía despierta, leyendo como solía.

Por lo tanto, se encaminó hacia el Dormitorio que ocupaba.

Llamó a la puerta y escuchó la voz de su Madre que le decía:

—Adelante.

La Duquesa estaba recostada en las almohadas. A pesar de su edad se la veía muy atractiva, pues había sido una gran belleza cuando joven.

Se diferenciaba de Hermione Wallington en que no sólo era muy bella, sino también inteligente.

Había tenido tres hermanos mayores que ella y pudo compartir las clases de sus Maestros. Estudiar le encantaba y sus hermanos se burlaban de ella. Si continuaba volviéndose tan letrada, le decían, iba a espantar a los pretendientes y se quedaría soltera toda la vida. Su gran belleza evitó que esto sucediera.

Se casó con el Duque de Strathvegon un mes después de haber cumplido los dieciocho años. Resultó un matrimonio muy feliz, empañado solamente por el hecho de que, tras dar a luz un heredero, la Duquesa ya no pudo concebir otra vez.

Había sido inevitable, por tanto, que consintiera a su único hijo.

—¡Regresas temprano! —exclamó sorprendida.

El Duque se inclinó para besarla en la mejilla antes de sentarse en el borde de la cama. Después, cuando su Madre le extendió una mano, él la tomó entre las suyas y dijo:

—Estoy en problemas, Mamá.

—¿En problemas? —exclamó la Duquesa—. ¿Qué ha ocurrido?

El Duque no dijo nada y, después de un momento, la dama añadió:

—Supongo que tiene que ver con Hermione Wallington.

—¿Por qué dices eso? —preguntó el Duque.

—Porque has sido muy poco discreto al respecto y todos comentan tu romance.

—Yo tenía la impresión de que éramos muy cuidadosos.

La Duquesa se encogió de hombros.

—Sabes tan bien como yo que los comentarios vuelan con el viento y no sólo provienen de los Clubes y los *saloncitos íntimos*, sino también de las habitaciones de la Servidumbre.

—¿Debo entender que te lo comentó tu Doncella? El Duque sabía que su Madre se enteraba de muchas cosas por medio de la vieja Janet, quien llevaba a su servicio muchísimos años.

—Eso no importa —contestó la Duquesa—. Dime por qué estás en problemas.

El respiró hondo.

—George Wallington nos ha hecho espiar y amenaza con matarme a mí en duelo y divorciarse de Hermione.

La Duquesa contuvo un grito, pero sus dedos apretaron los de su hijo.

—Eso es algo que debemos evitar. ¿Cuándo regresa Wallington de París?

—El viernes.

—El viernes... ¿Por la tarde?

—Supongo que sí.

—Bien, podemos partir para Escocia en tu Tren Privado antes del Almuerzo.

El Duque miró fijamente a su Madre.

—¿Partir para Escocia? ¿Por qué habríamos de hacer eso?

—Porque en cuanto lleguemos al Castillo, mi querido Kenyon, escogerás la chica con la cual deseas casarte y de inmediato anunciaremos el Compromiso.

El Duque miró a su Madre como si ésta se hubiera vuelto loca.

—¿Qué estás diciendo? ¡No entiendo nada!

La Duquesa suspiró.

—Llevo años sugiriéndote que te cases y tengas un hijo, Querido. Al fin y al cabo, es tu deber para con la Familia y, sobre todo, con el Clan.

—Ya he oído eso antes, Mamá, pero...

—No seas tonto —le interrumpió su Madre—. Primero que nada, si estamos en Escocia, George Wallingnton no podrá retarte a un duelo. Segundo, si anuncias tu Compromiso, él no podrá decir al mismo tiempo que eres el amante de su esposa y solicitar el divorcio. Bajo la mirada de su hijo, la Dama añadió:

—Las formalidades para un divorcio llevan meses, si no años, en la Cámara de los Lores.

—Lo sé, lo sé —asintió el Duque—; pero...

—No hay ningún pero que valga —atajó su Madre—. George Wallington no es tan insensato como para sacar a la luz el pasado de un hombre al mismo tiempo que éste se casa y recibe las felicitaciones de sus amigos.

Reinó el silencio hasta que el Duque dijo:

—Entiendo lo que sugieres, Mamá, pero se te olvida que es imposible casarse sin una novia.

—Ya he pensado en eso —respondió la Duquesa—. Últimamente he conocido a tres chicas y cualquiera de ellas sería una buena esposa para ti.

—¡Pero esto es un atraco! —el Duque no sabía si echarse a reír.

—Sé que es un poco súbito —aceptó la dama—, mas dadas las circunstancias, no hay otra cosa que puedas hacer.

—Pero eso... sería huir —objetó el Duque.

—No —corrigió su madre—, sólo retirarte hasta poder reforzar tu posición.

En los ojos de la Duquesa apareció un destello y su hijo no pudo evitar sonreír.

—Está bien, Mamá, tú ganas. Has estado insistiendo durante años en que me case y debí suponer que no ibas a desperdiciar la oportunidad cuando se presentara.

—Tienes que comprender que es la única solución posible, aunque hubiera preferido que te casaras con una joven a quien quisieras de verdad.

—Si no puedo casarme con la mujer que amo, ¿qué importancia tiene con quién me case? Escoge tú... Si ella satisface al Clan, eso será suficiente.

Y el Duque salió de la habitación como si ya no soportara decir nada más.

La Duquesa permaneció inmóvil.

De pronto, con los ojos húmedos de lágrimas, exclamó en voz muy baja: ,

—¡Pobre hijo mío...! Pero, en realidad..., no hay otra salida.

Capítulo 2

EL Duque de Charnwood dejó de leer la carta que tenía en las manos para mirar a su esposa que estaba sentada al otro lado de la mesa del Desayuno.

—Esta nota es de Elizabeth Strathvegon —dijo él—.

La ha traído un Lacayo y viene marcada como urgente.

—¿Qué dice? —preguntó la Duquesa con poco interés. Estaba pensando que su Hija Beryl había tenido mucho éxito la noche anterior en la Casa Devonshire.

Ciertamente, iba a necesitar muchos vestidos nuevos si aceptaba todas las invitaciones que había recibido. El Duque permaneció en silencio mientras leía la carta. Súbitamente lanzó una exclamación.

—¡Ahora sé el porqué de todo esto! Wallington lo sabe todo y Strathvegon corre a esconderse.

—¿De qué hablas? —preguntó la Duquesa.

Su marido leyó unas cuentas líneas más antes de responder:

—Elizabeth Strathvegon invita a Beryl para que vaya a Escocia con objeto de asistir a un Baile que piensa ofrecer la semana próxima.

—¿A Escocia? ¿En medio de la Temporada? Jamás había oído nada tan absurdo!

—No digas tonterías. El joven Strathvegon se extralimitó en esta ocasión y Elizabeth quiere estar segura de poder anunciar su Compromiso Matrimonial en el Baile. La Dama miraba con asombro a su esposo.

—Todavía no sé de lo que me estás hablando. Si ese joven caprichoso ha estado enamorado alguna vez, es de Hermione Wallington, que, a mi manera de ver, se está comportando de una manera bochornosa durante la ausencia del Conde.

—Todo el mundo lo sabe. Pero si quieres ver a Beryl luciendo *hojas de fresa* en la cabeza, será mejor que prepare el equipaje y corra al Tren Privado que Elizabeth Strathvegon pone a disposición de sus invitados.

Hizo una pausa para mirar la carta y concluyó:

—Saldrá de King's Cross mañana a medio día. Lady Beryl Wood, que estaba sentada junto a su Padre, lanzó un grito. No había estado prestando mucha atención a lo que él decía, mas ahora lo miró asustada y preguntó:

—¿Quieres decir que el Duque de Strathvegon piensa pedirme que me case con él, Papá?

—Me parece obvio —respondió el Duque—. La Duquesa está decidida y yo apostaría mil libras a que el Compromiso aparecerá anunciado en *La Gaceta* la semana próxima.

—¡Pero no conmigo! —opuso Lady Beryl.

—¿Por qué no? Quizá Strathvegon se haya propasado un poco en su conducta, pero es dueño de miles de hectáreas en Escocia y sus caballos ya han ganado varios premios esta año.

Lady Beryl lanzó otro grito de horror.

—¡Pero, Papá!, tú me ofreciste que si Roland tenía éxito con su ganado y sus yeguas pura sangre, podríamos comprometernos en el Otoño.

—Yo sólo dije que lo pensaría —puntualizó el Duque—. Strathvegon es muy superior a un Barón arruinado.

—¡Eso no es justo! Roland no está arruinado. Simplemente, se encuentra abrumado por la muerte de su Padre. Además, tú me has dicho muchas veces que su Familia es una de las más antiguas de Inglaterra. Nadie puede decir que no tenga sangre azul.

—Sin embargo, no puede compararse con Strathvegon —insistió el Duque con firmeza.

—¡Quizá, pero yo amo a Roland y no deseo casarme con el Duque ni con ningún otro!

El Padre alzó la voz.

—¡Te casarás con quien yo elija! Y si Strathvegon te lo pide, cosa que parece muy probable, tú lo aceptarás.

Lady Beryl dejó caer el cubierto sobre la mesa.

—¡No me casaré con nadie que no sea Roland! ¡Eres cruel al retractarte de tu ofrecimiento, Papá!

Se echó a llorar y salió corriendo del Comedor dando un portazo.

—No veo el objeto de lastimar así a Beryl, William —reconvino la Duquesa a su esposo—. Considerando el escandaloso idilio de Strathvegon con Hermione Wallington, no creo que esté pensando en casarse por ahora.

El Duque, consciente de que su mujer era un poco tonta, se dijo que tendría que explicarle detalladamente lo que ocurría.

Strathvegon era un partido que no podía despreciarse. Le agradaba mucho el joven del cual se había enamorado su Hija, pero dado que Beryl era muy bonita, le desilusionaba que no hubiera conquistado mejor partido. Como Duquesa de Strathvegon, su hija brillaría entre los Pares en la apertura del Parlamento y, además, se convertiría también en Dama de la Reina.

—Te explicaré a qué viene todo esto, Querida —dijo a su esposa—. Después tendrás que apresurarte a preparar el equipaje de Beyrl para que pueda viajar mañana en el Tren Privado del Duque.

—¡Por Dios, William... ! —comenzó a protestar la Duquesa, pero la expresión de su esposo le hizo saber que éste no le prestaría atención.

Casi al mismo tiempo, el Conde de Fernhurst abría una nota de la Duquesa de Strathvegon que había sido entregada en su Casa por un Lacayo.

La carta lo esperaba en la mesa del Desayuno, sobre un montón de sobres que, según sospechaba el Caballero, contenían cuentas por pagar. La sola idea de su descubierto en el Banco le hizo ponerse de malhumor.

La curiosidad lo impulsó a abrir la carta de la Duquesa antes que las demás y lanzó una exclamación de placer.

—¿Qué piensas de esto, Mary? —preguntó a su mujer. Ella estaba sirviendo el café a sus dos hijas, Deborah, una 'debutante de dieciocho años, y Maisie, dos años menor.

—¿Qué pienso de qué? —respondió sin mucho interés.

—La Duquesa de Strathvegon invita a Deborah al Castillo Strathvegon. Deberá tomar el Tren Privado del Duque en King's Cross el viernes a medio día.

Deborah, una bonita rubia de ojos azules, dijo emocionada:

—¡Oh, Papá, un Tren Privado? ¡Nunca he viajado en uno!

—Pues ahora lo vas a hacer —dijo su Padre— y si eres astuta, serás su dueña.

Deborah rió como si su Padre hubiera dicho algo gracioso.

—¿Sugieres que el Duque me lo va a regalar? Junto con todas sus demás pertenencias, si te desposa —respondió el Conde.

—¿Casarse conmigo? ¿Te burlas de mí?

—¿De qué estás hablando, Henry? —preguntó la Condesa—. Te puedo asegurar que Kenyon Strathvegon no está interesado por Deborah, de momento al menos.

—Lo sé, pero si George Wallington está tan furioso como todos suponemos, Strathvegon tendrá que hacer algo al respecto.

—¿Sugieres que el Duque piensa casarse?

—Es la única forma que tiene de escapar. George Wallington, cuando está enojado, puede ser tremendo.

La Condesa miró fijamente a su esposo.

—Supongo que sabes lo que dices, pero ayer mismo, cuando estaba tomando el té con ella, Amy me comentó...

—Se detuvo, echó una ojeada a sus hijas y concluyó: —Bueno, te lo diré luego.

El Conde estaba releyendo la carta.

—Vaya... —murmuró—. Siempre esperé que Deborah hiciera un buen Matrimonio, pero jamás aspiré a tanto. ¡Strathvegon nada menos!

—El Duque es muy apuesto, Papá —comentó Deborah—, pero nunca me ha pedido siquiera que baile con él.

—No obstante, ahora te invitan al Castillo de su Familia —contestó el Conde—. Y si desperdicias esta oportunidad, permíteme decirte que tendremos que irnos al Campo y quedarnos allí.

Deborah hizo un gesto de protesta.

—La temporada apenas acaba de empezar —objetó la Condesa.

—Lo sé —respondió su esposo—, pero hay que pagar estas malditas cuentas de alguna manera y... ¿quién mejor para hacerlo que Strathvegon?

—El Duque me parece muy guapo —rió Deborah.

—A mí también —terció su hermana Maisie—. Lo he visto montar en el Parque y lo hace mejor que cualquier otro.

—Eso me recuerda que uno de los caballos del carruaje está accidentado —dijo la Madre.

El Conde se puso en pie con la carta todavía en la mano.

—El Lacayo está esperando una respuesta. Responderé a la Duquesa que Deborah estará en la estación a medio día. Si regresa comprometida con el Duque, podrás tener caballos nuevos para el carruaje, Mary. De lo contrario, habrá que venderlo todo.

Salió del Comedor tras decir esto y la Condesa miró a su hija con satisfacción.

—Ahora tenemos que decidir la ropa que te llevarás a Escocia, Querida. Allí hace más fresco que aquí, ¿sabes?

*

El Marqués de Derroncorde se presentó a desayunar vestido con ropa de montar, ya que cuando se encontraba en Londres siempre cabalgaba antes del Desayuno.

Una de las jóvenes que se encontraban sentadas a la mesa se puso de pie cuando él entró y se apresuró a servirle de las bandejas que había sobre el trinchero.

A la hora del Desayuno ningún Sirviente los atendía, aunque en las otras comidas el Marqués, a quien le gustaba mucho la pompa, era atendido por un Mayordomo y dos Lacayos.

—¿Quieres huevos o pescado esta mañana, Tío Lionel? —preguntó Isolda.

Hablaba con un tono suave y musical, pero en sus ojos se notaba la expresión de nerviosismo que siempre aparecía cuando le hablaba a su Tío.

—¡Pescado! —respondió él con sequedad.

Se sentó a la mesa y enseguida su esposa le sirvió una taza de café. Se la pasó a su hija Sarah para que la pusiera delante del Padre.

—Hace unos quince minutos llegó una carta para ti, Lionel —informó la Marquesa—. El Lacayo espera una respuesta.

—¿De quién es?

—No la he abierto, pero Johnson dice que el Lacayo trate la librea de Strathvegon.

—¿Strathvegon? —exclamó el Marqués—. ¿Qué quiere ese mequetrefe de mí?

La Marquesa suspiró.

—Vamos, Lionel, no seas rencoroso porque su caballo venció al tuyo la semana pasada en

Newmarket. Al fin y al cabo, llegaron casi a la par y, en realidad, a mí me pareció que Su Señoría tenía el mejor *Jockey*.

—No estoy de acuerdo contigo —repuso enojado el Marqués—. Yo no hubiera inscrito a *Red Rufus* en esa carrera, si hubiera sabido que Strathvegon se iba a presentar con *Crusader*. Lo inscribió en el último momento y ésa fue una jugada sucia que merece una queja ante el *Jockey Club*.

La Marquesa suspiró una vez más.

—Ya hemos discutido eso, Lionel, y estoy segura de que el Duque en ningún momento pensó hacer nada incorrecto.

—Ésa es tu opinión, pero ciertamente no es la mía — dijo el Marqués de manera desagradable, pensando que no era la primera vez que el Duque lo vencía al final, cuando él estaba seguro de ganar.

Su caballo era el favorito y se le hacía difícil aceptar que uno de Strathvegon fuera superior.

Su sobrina Isolda le puso un plato de pescado delante. Determinado como estaba a encontrar fallos en todo, lo rechazó:

—¡Es demasiada cantidad! Me molesta que me sirvan la comida como si fuera la Cena de un perro.

Isolda se apresuró a coger el plato.

—Lo siento, Tío Lionel, como ayer me dijiste que te había servido poco...

—¡No discutas conmigo! Quita por lo menos la mitad de lo que has puesto.

Isolda hizo lo que le indicaba mientras él la miraba casi con agresividad.

Era una joven menuda y muy bonita; por lo tanto, resultaba extraño que la mirase de aquel modo. Sin embargo, no cabía duda acerca del disgusto que expresaban sus ojos cuando la muchacha le puso el plato delante otra vez.

—Tan pronto como termine el Desayuno tengo algunas cartas que dictarte —dijo—. ¡Y ten cuidado de que estén mejor escritas que las de ayer!

Isolda no respondió. Se limitó a bajar la cabeza y aparentar que comía, pues el mal trato de su Tío le había quitado el apetito.

El Desayuno era la única comida que tomaba en compañía de sus familiares. Cada mañana esperaba aterrada el momento en que su Tío entrara en el Comedor y empezase a censurar cuanto hacía.

Afortunadamente, ahora que estaban en Londres casi nunca volvía a tener contacto con él durante el resto del día.

El Marqués seguía gruñendo:

—Ayer descubrí por lo menos tres errores en las cartas que escribiste...

—Lionel —lo interrumpió la Marquesa—, el Lacayo está esperando, así que deberías abrir la carta y ver de qué se trata.

—¡Ni siquiera puede uno desayunar en paz!

Airado, el Marqués cogió el sobre y lo abrió con un cuchillo.

Sacó un elegante pliego grabado con el escudo de los Strathvegon. Hizo una pausa para beber un poco de café antes de leer la nota con calma. Mientras lo hacía, la expresión de su rostro se iba tornando cada vez más sombría.

La Marquesa le preguntó inquieta:

—¿Qué sucede, Lionel? ¿Quién te escribe?

—Elizabeth Strathvegon —respondió el Marqués—, y si quieres saberlo, esto es un insulto.

—Vamos, Lionel, no debes hablar así delante de las chicas —reconvino la Marquesa—. ¿Por qué es un insulto? ¿Qué es lo que dice Elizabeth?

—*Tu* amiga —respondió el Marqués acentuando el posesivo—, invita a Sarah para que viaje con ella a Escocia mañana y salve a su hijo. Ese calavera se ha metido en una situación de la que espero no pueda salir.

—¿De qué estás hablando? —preguntó la Marquesa—. ¿Por qué invita Elizabeth a Sarah para que la acompañe a Escocia en mitad de la Temporada?

—¡Casi no puedo creer que la Duquesa espere que yo me trague el anzuelo! —dijo.

—Por favor, Lionel —pidió su esposa—, explícame de qué se trata todo esto. Yo no entiendo nada.

—¡Pero yo sí! Strathvegon ha hecho el ridículo persiguiendo a Hermione Wallington y provocando que todos hablen acerca de ella como si se tratara de una corista. La Marquesa levantó una mano.

—¡Por favor, Lionel, delante de las chicas no! Ellas no deben saber nada acerca de esas mujeres.

Lady Sarah no parecía alterada en lo más mínimo cuando preguntó:

—Papá, ¿dices que la Duquesa me invita a Escocia? Me encantaría ver el Castillo Strathvegon. Dicen que es maravilloso.

—¡No seas tonta! —le espetó su Padre—. Si te invita a Escocia es para que te Comprometas con el sinvergüenza de su hijo y lo salves de la ira del Conde de Wallington, que es amigo mío.

El Marqués dio un puñetazo sobre la mesa.

—¡Nunca permitiré que una hija mía se case con Strathvegon, y considero un insulto el que me lo pidan!

—Todavía no lo ha pedido, Lionel —puntualizó la Marquesa—. Sólo la han invitado a Escocia.

—¿Por qué la invita la Duquesa, si no es para salvar el pellejo de su hijo? Intentará casarlo con cualquier chica lo bastante tonta como para no darse cuenta de lo que hay detrás.

Una vez más dio el Marqués un puñetazo sobre la mesa.

—¡Preferiría ver muerta a cualquiera de mis hijas antes que casada con ese granuja!

—Vamos, Lionel, no te exaltes —le suplicó su mujer—. Sarah no puede ir a Escocia pasado mañana aunque quisiera. Recordarás que tenemos una Cena esa noche. Además está el Baile que ofrece el sábado la Duquesa de Bedford y prometimos Almorzar el domingo con el Embajador de España.

La Marquesa suspiró al concluir:

—Tenemos muchos compromisos que yo no podría cancelar a última hora.

—Ni yo te permitiría que lo hicieras —advirtió el Marqués—. Insisto en que es un insulto que Strathvegon me considere tan ciego como para no ver cuáles son sus propósitos.

—No tiene objeto decirlo —señaló la Marquesa con calma—. Simplemente, rechaza la invitación de la Duquesa, escríbele una nota... ¿o prefieres que Isolda lo haga por ti?

—Que lo haga ella —repuso el Marqués—, aunque estoy seguro de que lo hará mal como de costumbre?

Esto era injusto, pero Isolda ya estaba acostumbrada a que su Tío encontrara fallos en cuanto hacía. Por lo tanto, se puso de pie y extendió la mano para tomar la misiva de la Duquesa.

Entonces la luz del sol que entraba por la ventana hizo que sus cabellos dorados brillaran y sus ojos parecieron centellear con la claridad de un riachuelo de montaña.

A cualquier otro le hubiera parecido muy bella. Para el Marqués, su apariencia sólo acentuaba el odio que le tenía. Ni siquiera el vestido negro y sencillo que llevaba lograba ocultar lo exquisito de su figura ni la gracia con que se movía.

—Aquí está —dijo su Tío entregándole la carta—, y trata de escribir como una Dama, no como una Cocinera. Iba a darle el sobre cuando exclamó de pronto:

—¡Espera! ¡Tengo una idea magnífica!

—¿De qué se trata, Querido? —preguntó la Marquesa. Él dudó un momento, mas enseguida dijo a su Sobrina:

—Responde al Lacayo que el Marqués de Derroncorde tiene mucho gusto en aceptar la invitación de su Señor.

Lo que acababa de decir era tan sorprendente, que las tres mujeres lo miraron incrédulas.

Antes que su esposa pudiera hablar, el Marqués le ordenó a Isolda:

—¡Ve, haz lo que se te dice y no pierdas tiempo!

—Sí, Tío Lionel —respondió la joven y salió de la habitación.

Lady Sarah, que casi había terminado su Desayuno, la siguió como si estuviera aburrida de una conversación que nada tenía ya que ver con ella.

Cuando se cerró la puerta, la Marquesa preguntó:

—¿Lionel, de qué se trata todo esto? Es imposible que Sarah viaje a Escocia.

—Lo sé —respondió el Marqués—, pero Sarah no irá a Escocia. ¡Jamás permitiría yo que pusiera el pie en una Casa propiedad de Strathvegon!

—Entonces, ¿por qué has aceptado?

—He aceptado verbalmente la invitación de la Duquesa —respondió el Marqués—, pero Sarah no se presentará mañana en King's Cross a mediodía. En su lugar enviaré a Isolda.

Los ojos de la Marquesa se abrieron asombrados.

—¿Isolda? ¡Pero ella no puede ir a Escocia! Tú mismo dijiste que jamás debe aparecer en ninguna parte ni conocer a ninguno de nuestros amigos.

—Strathvegon no es amigo mío. Es un hombre que me desagrada y de quien desconfío. Sin embargo, creo que es lo bastante inteligente para darse cuenta de que correspondo a su insulto de una manera aún más ofensiva.

—¿Enviando a Isolda? —dudó la Marquesa.

—¡Por supuesto! El Duque no es tonto, y sabrá exactamente lo que quiero decir al sugerirle que es la esposa adecuada para él. Es más, ¡se lo voy a poner por escrito!

—¡No puedes hacer algo así, Lionel! —exclamó la dama—. ¿Qué opinará la gente si se entera?

El Marqués rió.

—Lo único que Isolda tendrá que hacer es presentarse como sustituta de Sarah. Cuando Strathvegon lea mi carta, la enviará inmediatamente de regreso.

Volvió a reír entre dientes y añadió:

—Sin embargo, Isolda llevará lo poco que posee para hacerle al Duque y a su Madre la situación más incómoda aún al tener que rechazarla como invitada.

Parecía disfrutar por anticipado cuando exclamó:

—¡Cómo me gustaría estar presente para ver su reacción cuando lean lo que les pienso escribir! Eso hará que se aparten de Isolda como si fuera un perro apestado. ¡Y eso es en realidad!

—¡Oh, Lionel!, la Niña no tiene la culpa de que su Padre se comportara de manera tan equivocada.

—La Biblia dice que los pecados de los Padres caerán sobre los Hijos —citó el Marqués—, y por lo que a mí respecta, Isolda pagará los pecados de su Padre hasta el día en que me muera.

La Marquesa sabía que no merecía la pena discutir. Ya había oído aquello en innumerables ocasiones. Se limitó a suspirar una vez más y, poniéndose de pie, dijo:

—Espero que sepas lo que haces. Yo siempre he tenido muy buena amistad con Elizabeth y realmente no deseo verme involucrada en tus pleitos con su Hijo.

—Sabes perfectamente lo que pienso de él y, como te lo he dicho muchas veces, ¡nunca lo admitiré en esta Casa!

—No tengo la menor intención de invitarlo —aclaró la Marquesa—. Hay muchos otros jóvenes entre los cuales Sarah puede escoger.

—¡Yo no aceptaría a Strathvegon como yerno aunque fuera el Rey de Inglaterra! —rugió el Marqués—. ¡Ojalá George Wallington se dé cuenta de lo que ocurre y le llene el cuerpo de plomo! Así dejará de ser una amenaza para los hombres que tienen una esposa bonita.

La Marquesa no se tomó la molestia de responder. Lo dejó solo para que terminara lo que tenía en el plato y después se sirviera más del pescado que había hecho retirar a Isolda.

El Marqués se quedó pensando en la carta que Isolda debería llevarle al Duque.

¡Ya vería aquel insolente en qué concepto se le tenía en Sociedad!

Después de darle al Lacayo el mensaje de su Tío, Isolda se dirigió al Estudio de éste, donde sabía que el Caballero iría después del Desayuno.

Sabía también que la esperaba una hora de torturas. Su Tío la gritaba, la reñía injustamente y, cuando se enojaba demasiado, hasta la golpeaba.

Por las noches, Isolda permanecía en la oscuridad de su habitación pensando si tendría el valor de matarse tal como lo había hecho su Padre.

«¿Cómo puedo seguir así, Papá?», gemía. «Si estuviera contigo y con Mamá, volvería a ser feliz como cuando los tres... vivíamos juntos».

Entonces venían las lágrimas y, aunque sabía que era inútil, lloraba hasta quedarse dormida.

A todas horas pensaba en lo feliz que había sido con sus Padres en su casita de Worcestershire.

Tenían muy poco dinero porque Lord John, como Hermano Menor del Marqués, recibía sólo una pequeña Pensión. Su Madre no tenía nada, ya que su familia era muy pobre. Pero se habían casado por amor y eran inmensamente felices.

Lord John jamás había sentido la menor envidia de su Hermano, Heredero del Título, de las Fincas y de toda la fortuna.

Cuando nació Isolda, sus padres se sintieron muy felices y la adoraban. Al crecer, la niña descubrió que su Padre había ofendido profundamente a su Familia al casarse con una muchacha escocesa sin un centavo, cuando podía haberlo hecho con una mujer rica.

Sus parientes casi no podían creerlo cuando, al regresar de un viaje por el Norte, Lord John se les presentó con aquella prometida sin la menor dote.

Desde entonces pasó a convertirse en la *oveja negra* de la Familia Corde. Lo predijeron, y resultó cierto, que él acabaría mal. Lord John y su esposa fueron muy felices durante los primeros años de Matrimonio en su casa de Worcestershire.

Él tenía mucha facilidad para entrenar caballos que vendía luego a muy buen precio. Los dos, y más tarde su hija, cazaban en Invierno y en el Verano cultivaban su pequeño huerto a orillas del río Avon.

Isolda era una niña encantadora y a los quince años, cuando murió su Madre, se había convertido en una adolescente muy bonita. Lamentablemente, no estaba preparada para enfrentarse a la desesperación de Lord John por la muerte de su esposa.

Sin ella se encontraba completamente perdido y no soportaba estar en la Casa, así que se marchó a Londres para tratar de olvidar, lo cual resultó desastroso.

Tenía muchos amigos que había hecho en su juventud y en el breve período que sirvió en el Ejército. Todos ellos eran mucho más ricos y Lord John se vio arrastrado a una vida de derroche. Pronto descubrió que había gastado hasta el último centavo y sus deudas aumentaban de manera imparable.

De pronto, durante un tiempo, cambió su suerte! y pudo comprar dos caballos sobresalientes.

Uno de ellos, llamado *Saint Vincent*, resultó tan bueno que ganó varias Carreras. Sin embargo, lo que ganó era como una gota en el océano comparado con sus deudas. Justo antes de una importante carrera que iba a tener lugar en Epson, sus acreedores se presentaron ante él con una demanda que exigía pago total o cárcel.

—¿Qué voy a hacer, Isolda? —le preguntó desesperado su Hija.

—No lo sé, Papá —respondió ella—, porque aun cuando *Saint Vincent* ganara la Carrera, el premio no alcanzaría para pagar ni la cuarta parte de tus deudas.

—Lo sé, lo sé —suspiró Lord John.

—El problema es que *Saint Vincent* es el favorito, por lo que no vale la pena apoyarlo.

Como quería tanto a su Padre, la joven había aprendido mucho acerca de los caballos y sabía que, como regla, él nunca hubiera apoyado a sus propios caballos.

Desafortunadamente, lo que su Hija dijo en aquel momento le dio una idea a Lord John.

El otro caballo que había comprado se llamaba *Dark Cloud* y era hermano de *Saint Vincent*. Tenían entre sí un gran parecido, sólo que el segundo lucía una estrella blanca en la frente.

Se trataba de una carrera en la cual los propietarios podían montar sus propios caballos, si eran lo bastante jóvenes y sanos para hacerlo.

Lord John había anunciado que montaría a *Saint Vincent*, pero en el último momento lo cambió por Dark Cloud. Nadie tenía la menor idea de que éste no era el favorito.

En un esfuerzo desesperado por salvarse, Lord John cambió las monturas. Pintó una estrella blanca en la frente de *Dark Cloud* y tiñó la de *Saint Vincent*.

La carrera no atrajo mucho interés hasta que los caballos habían recorrido más de la mitad de la pista. Entonces, para sorpresa de todos, un competidor prácticamente desconocido tomó la delantera.

El público aplaudió sorprendido cuando el supuesto *Dark Cloud* entró triunfador muy por delante de los demás.

Lord John sonreía satisfecho al dirigirse al lugar de los ganadores.

Todos lo felicitaban, sorprendidos de que un caballo desconocido hubiera corrido tan bien. Pero de pronto una dama muy hermosa con la cual Lord John había pasado algún tiempo en Londres, exclamó:

—¡Oh, John, mira lo que tu caballo les ha hecho a mis guantes nuevos!

Mostró los guantes de gamuza blanca y todos pudieron ver que estaban manchados de pintura negra. Pasada la confusión general del primer momento, se descubrió que Lord John había desaparecido.

Aquella tarde lo encontraron muerto en sus habitaciones de la Calle Half Moon. Se había suicidado de un tiro en la cabeza, por lo que murió de inmediato.

Isolda había quedado en la orfandad, sola y sin un centavo, cuando su Tío la visitó en la Casa de Worcestershire.

—Tu Padre deshonró el nombre de la familia —le dijo— y me avergüenzo de haber tenido a un estafador por Hermano. Pero como no tienes a dónde ir y eres demasiado mayor para un Asilo de Huérfanos, tendré que llevarte a mi Casa.

Súbitamente vociferó:

—¡Sin embargo te odio porque eres la Hija de mi Hermano y él me traicionó!

Se llevó a Isolda a la Casa Ancestral de los Corde en Berkshire, donde fue tratada como chivo expiatorio de los pecados de su Padre. Pasó a ser la Sirvienta de su Prima Sarah y su Tío la utilizaba como Secretaria.

Él ya tenía un eficiente Secretario; pero como quería abusar de la joven, insistía en que ésta se encargara de la mayor parte de su correspondencia.

Se negó a comprarle ropa y ella había de ponerse los vestidos negros que había comprado a la muerte de su Madre hasta que casi estaban convertidos en harapos. Su Tía le daba algún vestido nuevo cuando los suyos ya resultaban literalmente inservibles, pero siempre negros para que su Tío no se diera cuenta.

Isolda se movía por la Casa como si fuera un fantasma, eludiendo a todos y reuniéndose con la Familia únicamente cuando no había visitantes.

Se hubiera vuelto loca de no ser por la Biblioteca. Como ésta era muy grande, el Marqués no advertía que ella tomaba libros para leer antes de dormir. Si lo hubiera descubierto, seguramente le habría negado el permiso.

Los Sirvientes la despreciaban, como suelen hacerlo con alguien que se gana la inquina de su Amo.

Isolda llevaba soportando aquella vida casi dos años. A los dieciocho, cuando Sarah hacía su presentación en Sociedad y asistía a bailes y fiestas, ella no veía en su futuro sino desesperación y miseria.

Cuando regresó de hablar con el Lacayo tal como su Tío se lo había ordenado, pensaba en lo maravilloso que sería poder ir a Escocia...

Al llegar al Estudio vio que su Tío ya estaba allí y comenzó a temblar... Como estaba enfadado, se comportaría de un modo más agresivo aún que de costumbre. Si no lograba complacerlo, cosa prácticamente imposible, seguro la golpearía.

Capítulo 3

EL Duque, mientras cabalgaba por Rotten Road, vio a Hermione Wallington desde lejos y se detuvo para hablar con una Dama muy bonita que paseaba en un carruaje.

Se comportó de una manera muy agradable e hizo que la Dama se ruborizara y coqueteara con él de manera provocativa.

Antes de alejarse, le pidió que pasara a visitarla cuando pudiera y él respondió en un tono muy alentador. Después se acercó a Hermione que, vestida de azul, conversaba con dos amigos.

Él se alzó el sombrero y dijo con aparente entusiasmo:

—¡Buenos días, Condesa! Espero que ya se haya recuperado del aburrimiento de la Fiesta de anoche. Vi que estaba sentada junto al Arzobispo de Canterbury y sentí pena de usted.

Para alivio suyo, tras un momento de duda, Hermione respondió:

—Esas Cenas Oficiales siempre me han parecido muy tediosas, excepto por el precioso Salón en el que tienen lugar.

—¡Que es un digno marco para su belleza! —terció uno de sus amigos y ella sonrió de una manera encantadora ante aquel cumplido.

Los dos Caballeros que estaban conversando con Hermione mostraron mucho tacto y se alejaron.

El Duque y Hermione cabalgaron en dirección opuesta. —Anoche hablé con mi Madre —dijo él— y nos vamos a Escocia mañana, antes que llegue tu esposo.

Hermione se sobresaltó tal como el Duque esperaba; pero antes que pudiera hablar, él continuó:

—Debes comprender que es lo único que puedo hacer. Mi Madre ofrecerá un Baile en el Castillo y esto será la excusa para partir de manera tan precipitada.

No le dijo que su Madre lo había convencido de que debía anunciar su Compromiso. Si lo hacía, lo más probable era que Hermione gritara o comenzase a llorar, y estaba seguro de que todo el mundo los observaba en el Parque.

Por fin, haciendo un esfuerzo por hablar con calma, ella dijo:

—Tengo que verte antes que te vayas... ¡No puedes dejarme así!

—El problema es dónde.

—¿Por qué no en la Capilla de Grosvenor? —propuso Hermione—. Si subimos al Coro, nadie nos verá.

El Duque se quedó con la boca abierta. Jamás se le hubiera ocurrido citarse con alguna de sus amantes en una Iglesia.

—Tú puedes ir andando allí —continuó diciendo Hermione—, y mi Cochero no se sorprenderá si yo me detengo un momento para rezar, pues ya lo he hecho otras veces.

Esto hizo que el Duque imaginara que aquella no iba a ser la primera vez que ella se encontraba con un galán en tan extraño lugar.

No obstante le pareció que era una buena idea y, viendo que un amigo se acercaba, preguntó aprisa:

—¿A qué hora?

—A las cuatro —susurró Hermione. No pudieron hablar más.

El amigo del Duque lo saludó con mucha efusividad y dirigió algunos halagos a Hermione. Después de una breve charla, el Duque sacó su reloj de oro y dijo:

—Me temo que debo dejarlos. Tengo una cita a las once con el Administrador de mis fincas. ¡Seguro de que viene a pedirme dinero para llevar a cabo una serie de reformas!

Su amigo rió.

—Los Terratenientes siempre se quejan, pero nadie sentirá pena de ti, Strathvegon. A propósito, ¿cómo van los Campos este año?

—Podré darte un informe más completo la semana próxima, cuando regrese.

—¿Cuándo regreses? ¿Te vas a Escocia?

—Debo hacerlo. Mi Madre ofrece un Baile en el Castillo e insiste en que yo esté presente.

—Pues no te quedes demasiado tiempo. Te vamos a echar de menos.

—Regresaré tan pronto como me sea posible. Mientras hablaba, el Duque miró a Hermione y vio la angustia reflejada en sus ojos.

De inmediato, temiendo que la mujer se traicionara, se quitó el sombrero con ademán cortés para despedirse.

—Hasta luego, Condesa. Siento mucho que no nos podamos ver en el Baile de Bedford. Ya le avisé a la Duquesa que no podré asistir a su Cena.

Hermione logró sonreír, pero él pudo ver que las lágrimas no estaban muy lejos y se alejó saludando a varios amigos al pasar.

Regresó a Casa y allí se encontró con su Madre en el Salón de Recibir.

—Todo está arreglado, Kenyon —lo informó la Dama—. Envié al Señor Watson a Escocia con las invitaciones para el Baile, que serán distribuidas tan pronto como él llegue. También he dado órdenes de que tu Tren Privado esté en la estación de King's Cross mañana a las once, para que los sirvientes puedan tenerlo todo dispuesto antes que nosotros lleguemos.

—Has estado muy ocupada —comentó el Duque con cierta sequedad.

—No me quedó alternativa, Querido. Aquí está la lista de las personas que nos acompañarán.

Al decir esto le entregó la relación que incluía a dos de sus mejores amigas y a sus respectivos esposos. También figuraban tres hombres jóvenes que, según sabía la Duquesa, eran buenos amigos de su Hijo desde que se conocieron en el Colegio.

Al final de la lista aparecían los nombres de tres muchachas: Lady Beryl Wood, Lady Deborah Hurst y Lady Sarah Corde.

El Duque no tenía ni la menor idea de cómo eran. Él siempre evitaba relacionarse con mujeres solteras.

Sabía lo fácil que era para una Madre ambiciosa envolver a un hombre hasta que éste ya no pudiera escapar. Uno de sus mejores amigos, Lord Worcester, se había visto obligado a casarse porque la Madre de la muchacha los había visto conversando a solas en el Jardín.

Los jóvenes se habían encontrado allí por casualidad, pero la Madre apeló a la Princesa de Gales, argumentando que la reputación de su Hija quedaría arruinada si alguien comentaba que había estado a solas con un joven.

Presionado por Sus Altezas Reales, a Lord Worcester no le quedó más remedio que proponer Matrimonio.

El Duque había disfrutado de muchas aventuras románticas, hasta el punto que en los Clubes Aristocráticos lo llamaban «Casanova». Era imposible negar que siempre había volado de flor en flor, desechando a un belleza tras otra. El problema radicaba en que se aburría con facilidad, algo que él admitía.

Una vez que la Dama en cuestión se le había rendido, entregándole también su corazón, comenzaba a aburrirse de hacer el amor con ella. Además, la conversación de aquella clase de mujeres, versaba exclusivamente sobre un solo tema y se hacía más aburrida aún. Esto le impulsaba, más que cualquier otra circunstancia, a rechazar las constantes súplicas de su Madre para que se casara.

Cuando cumplió 32 años, la Duquesa le habló muy seriamente acerca de sus obligaciones de engendrar un heredero.

—¿Te das cuenta, hijo mío, de que si no tienes un hijo, tu Tío, a quien ni tú ni yo queremos, te sustituirá como Jefe del Clan? Además, él tampoco tiene un heredero.

En efecto, su Tío había engendrado cinco hijas en sus dos matrimonios y aún seguía tratando de engendrar un varón.

Pero el Duque le respondió a su Madre:

—No tiene objeto insistir, Mamá. Por el momento no me puedo imaginar atado a una joven que me hará bostezar cada vez que abra la boca. Las mujeres casadas, como bien sabes, son las que me resultan más atractivas.

—Lo sé —suspiró la Duquesa— y quiero que te diviertas. Pero sería tan maravilloso tener en brazos a mi nieto, un niño exactamente como fuiste tú...

—Hay tiempo, Mamá. Te prometo que tomaré en serio el matrimonio... más adelante.

Antes que la Duquesa pudiera protestar, él se apresuró a decir:

—Tengo que irme, Mamá. Alguien fascinante, con unos preciosos ojos color esmeralda, me está esperando.

La Duquesa conocía a la beldad y no pudo evitar reírse viendo salir a su hijo.

Ahora, al leer la lista que tenía en la mano, el Duque supuso que las tres chicas que su madre había seleccionado como posibles nueras eran jóvenes, tontas e incultas.

Sin embargo, debía reconocer que había una cosa extraordinaria acerca de aquella clase de damitas: después que se retiraban al campo unos años y daban a luz un hijo, quizás varios, regresaban convertidas en las mujeres bellas, inteligentes y refinadas que él encontraba tan atractivas. Era difícil comprender cómo se efectuaba la transformación, mas no cabía la menor duda de que ocurría, era de suponer que hasta Hermione había sido tímida y torpe en alguna época.

No obstante, si se hubiera casado con ella cuando era una debutante, hacía mucho tiempo que estaría buscando lo que solía llamarse *«otro interés»*.

Le devolvió la lista a su Madre. —Supongo que no hay otra salida —dijo.

—Si la hay, yo la ignoro. Anoche recordé que hace cinco años George Wallington hirió a un hombre de tal gravedad, que tuvieron que amputarle el brazo.

—¡No sabía eso!

—Estabas fuera del país por entonces. Escucha, Hijo mío, ¡yo no podría soportar que algo parecido te sucediera a ti!

El Duque se acercó a la ventana y miró hacia el Jardín.

—¿A cuál de esas tres tontas favoreces tú? —preguntó.

Hubo un silencio y después la Dama respondió:

—Me parece que Beryl Wood es la más bella. Además es morena, algo que quizá te resulte atrayente... Deborah Hurst no es tan bonita, pero tiene un carácter bastante alegre. En cuanto a Sarah Corde, tiene los cabellos rojos como los de su Madre, que es una gran amiga mía.

—En otras palabras, tu favorita es Sarah Corde.

—Tengo la sospecha de que el Marqués no te quiere. Pero eso se debe a que tus caballos siempre ganan a los suyos y, como es un hombre muy engreído, se resiente de ello.

El Duque sonrió.

—Ciertamente, se puso fuera de sí la semana pasada en Epson, cuando mi caballo venció al suyo por una cabeza.

—En adelante deberás ser más diplomático y no competir en las Carreras que él desea ganar.

—¡Estoy dispuesto a hacerlo con tal de no casarme con su hija! —exclamó el Duque como si hablara consigo mismo.

Su Madre se le acercó y enlazó un brazo con el de él.

—Siento mucho todo esto, Querido, pero sabes que yo haré cuanto pueda para facilitarte las cosas.

—Lo sé, Mamá, y te estoy muy agradecido. Pero no deseo casarme y menos con alguna colegiala insípida con quien no tengo nada en común.

La Duquesa se apartó de él suspirando con pesar.

—¡Maldito Wallington! —se exaltó el Hijo de pronto—. ¿Cómo se atreve a amenazarme y a hacer sufrir a su esposa de esa manera?

—Yo creo que en realidad ama a Hermione —opinó la Duquesa—. Los hombres, cuando están enamorados, se vuelven agresivos e imprudentes. Tú, Hijo mío, nunca has estado enamorado de veras. Cuando lo estés, comprenderás lo que te digo.

Y la Dama abandonó la estancia, dejando asombrado a su Hijo.

«¿Que nunca he estado enamorado?», se preguntaba. «¿Qué demonios quiere decir con eso?»

Pensó en las muchas ocasiones que se había sentido completamente fascinado por una cara bonita y un cuerpo escultural.

Recordó las noches en que creyó alcanzar las cumbres de la pasión y los muchos amaneceres que había vuelto andando a su Casa con la cabeza en las nubes.

¿Nunca había estado enamorado? ¿Qué creía su Madre que sentía por Hermione?

Entonces una voz interior le preguntó:

«¿De veras supones que lo que sientes por ella va a perdurar? ¿De veras te gustaría tenerla contigo, día y noche, por el resto de tu vida?»

Éstas eran preguntas que no deseaba responder, así que salió de la habitación para ordenar que le dispusieran su calesín de inmediato.

Dispuesto a seguir representando la comedia que había ideado, se dirigió a White. Allí comió con dos amigos que no tenían otro compromiso e hizo algunas apuestas para las Carreras Hípicas del día.

Después fue a la Calle Bond para comprarle un regalo a Hermione y al hacerlo se dijo que era un presente de despedida a la libertad.

No podía ofrecerle algo que pudiera firmarse como evidencia de su infidelidad, por lo tanto escogió un puño para sombrilla que resultó muy caro, pero que seguramente pasaría inadvertido a los celosos ojos de George Wallington.

Hizo que se lo envolvieran y lo llevó consigo. Regresó a su Casa, despachó el calesín y diez minutos más tarde reapareció en el Vestíbulo.

—¿Su Señoría va a salir? —le preguntó el Mayordomo—. ¿Quiere que mande por algún vehículo?

—No, gracias. Prefiero pasear. Hace una tarde muy agradable y necesito el ejercicio.

Fue andando hasta Park Lane y se dirigió a la Calle South Audley, donde se encontraba la Capilla Grosvenor.

Tuvo la precaución de llegar temprano para que los sirvientes de Hermione no lo vieran.

Tal como cabía esperar a aquella hora, la Capilla estaba vacía cuando él subió los escalones que llevaban al Coro. Sólo a una mujer se le hubiera ocurrido escoger una Iglesia como lugar idóneo para reunirse con su amante, pensó sentándose en un banco arrimado a la pared, para que no lo descubrieran desde abajo.

Por su parte, apenas alcanzaba a ver el Altar y las vidrieras polícromas que había por encima.

De pronto se sorprendió pensando en sus creencias practicadas cuando niño, y no en Hermione como era de esperar. Recordaba haberse emocionado mucho cuando su Madre le leyó la historia de Belén.

Entonces se imaginó a sí mismo recorriendo el desierto con los tres Reyes Magos que seguían a la estrella. Con cierto cinismo, ahora pensó que había seguido muchas otras estrellas desde años atrás. Sin embargo, éstas nunca lo habían llevado hasta lo que buscaba.

La llegada de Hermione cortó el vago hilo de sus reflexiones.

La Condesa había subido la escalera con tanto cuidado, que él no la oyó. Se le acercó con las manos extendidas y los ojos brillantes. Él le besó ambas manos rendidamente y, cuando se sentaron, Hermione gimió:

—Oh, Kenyon, ¿de verdad te marchas a Escocia? ¿Cómo puedo perderte y a la vez enfrentarme con George yo sola?

—Mi Madre me asegura que es lo único que puedo hacer para beneficio de ambos. Debes ser valiente.

—Trato de serlo, pero tengo miedo, ¡mucho miedo... ! Jones cree saber quién nos ha estado vigilando.

—¿Quién? —preguntó el Duque con viveza.

Tenía miedo de que Wallington hubiera utilizado los servicios de una Agencia, en cuyo caso siempre existía el peligro de que Hermione y él fueran chantajeados.

Jones cree —dijo Hermione—, que se trata de Marsden, el Secretario, un hombre que jamás me ha sido simpático y que no lleva mucho tiempo con George. Es servil de una manera repugnante. ¡Seguro que pretende congraciarse con George al vigilarnos tal como él se lo debió de pedir!

El Duque pensó que si Hermione estaba en lo cierto y el Secretario los estaba vigilando, era enorme la cantidad de pruebas que éste tendría acumuladas.

Demasiado tarde, se dijo que había sido un loco al verse con Hermione en su propia Casa.

Realmente, aquello era algo que siempre le había disgustado hacer. No deseaba comer las viandas, beber el vino o utilizar la cama de un hombre con cuya esposa le estaba traicionando. Mas casi nunca quedaba alternativa.

El que una Dama fuera a su Casa era imposible. Si alguien tenía la menor sospecha al respecto, de inmediato sería señalada como una mujer fácil. Las relaciones clandestinas abundaban, pero se solían respetar las conveniencias.

Estaba permitido que una mujer diera una pequeña Cena en ausencia de su esposo. Después de todo, nadie podía esperar que permaneciera sola en casa mientras él estaba ausente. Los invitados, nunca más de cuatro, eran escogidos con mucho cuidado.

Cuando se retiraban poco después de la Cena, uno de los Caballeros permanecía en la casa para seguir *«conversando»* con la Anfitriona. La servidumbre extinguía las luces y se retiraba a sus habitaciones.

Una Doncella complaciente, como Jones, se retiraba también después de dejar preparada la habitación de su Ama. Así, no quedaba nadie que pudiese atestiguar a qué hora había partido el amante, a no ser, quizá, algún Lacayo soñoliento... cuyo silencio se podía comprar con unas monedas de oro.

Al Duque siempre le había parecido aquello bastante sencillo y civilizado. Ahora se daba cuenta de que había sido un necio al no pensar en la posibilidad de que el Secretario espiara en las sombras para tomar buena nota de todo.

«Debí suponer que, tarde o temprano, alguien como George Wallington abrigaría sospechas y decidiría averiguar toda la verdad», pensó.

Claro que siempre había un buen número de esposos complacientes que, deliberadamente, cerraban los ojos y se tapaban los oídos. Por lo general, ellos se encontraban también entretenidos con *«otro interés»* y, por lo tanto, no les importaba mucho lo que hiciera su mujer.

Por primera vez, al Duque se le ocurrió imaginar que si estuviera casado, no soportaría que su esposa tomara un amante mientras él estaba ausente. Pudo entender entonces la furia de Wallington al saberse engañado.

—¿Cuándo te volverá a ver? —le estaba preguntando Hermione.

Los dedos del Duque se cerraron sobre la mano de ella cuando le dijo:

—Tal vez sea mejor que sepas la verdad.

—¿Qué... qué verdad?

—Mi Madre piensa anunciar mi Compromiso Matrimonial en el Baile que ofrecerá la semana próxima. Hermione lo miró como si no pudiera creer lo que acababa de oír y se llevó la mano a la boca, tal vez para ahogar un grito.

—¡No lo creo! ¡No puede ser cierto! —exclamó.

—Mi Madre cree que es la única manera de evitar que tu esposo se divorcie de ti y me rete a mí en duelo.

—Pero... ¿con quién te vas a casar? ¿Por qué nunca me has hablado de ella?

—Nunca te he hablado de ella porque no la conozco.

—No... no entiendo.

—Mi Madre ha invitado a un grupo de amigos a hospedarse en el Castillo y entre ellos hay tres chicas a las cuales considera adecuadas para que entre ellas elija a mi futura esposa.

Mientras el Duque hablaba su voz se fue tornando dura. Hermione, con los ojos llenos de lágrimas, pudo darse cuenta de lo mucho que le desagradaba la idea.

—Kenyon, Kenyon... ¿cómo voy a poder soportarlo?

Él no habló y, después de un momento, la mujer dijo con voz muy diferente:

—Claro que, analizándolo bien, es posible que eso nos facilite las cosas.

—¿Las facilite?

—Si tú te casas, entonces George ya no podrá abrigar sospechas y cuando regreses...

No necesitaba decir más.

El Duque sintió repulsión ante la sugerencia, pues le hacía sentirse aún más despreciable de lo que ya se sentía. Tener que casarse de aquella manera ya era bastante desagradable. Lo aceptaba para poder salvarse de un duelo con Wallington y de verse involucrado en un escándalo. Mas planear el adulterio aun antes que el anillo estuviera en el dedo de la futura desposada... ¡No, no quería tomar parte en aquello!

—Hermione, creo que debemos despedirnos ya —dijo—. Si te retrasas mucho, tus Sirvientes pueden inquietarse y quizá vengan a investigar.

La mujer se puso tensa y miró hacia atrás para ver si alguien había subido por la escalera sin que ella se diera cuenta. Tranquilizada, dijo:

—¡Mi querido y maravilloso Kenyon, te amo con todo mi corazón y rezo para que muy pronto podamos estar juntos de nuevo!

La manera como habló hizo que el Duque sospechara que había ensayado aquellas palabras de antemano. Ella se le acercó un poco más y le ofreció sus labios. El Duque titubeó un momento. Le parecía que no era correcto besarse en la Capilla.

Sin embargo, como no podía negárselo, la besó levemente, sin pasión.

—Adiós, Querida —dijo—, y gracias por toda la felicidad que me has dado.

En seguida puso en manos de la Condesa el regalo que le había traído.

Ella lo miró con curiosidad.

—Cuando lo uses —dijo el Duque—, piensa en mí como yo pensaré en ti.

—¡Oh, Kenyon, te amo y... jamás amaré a otro hombre... como te he amado a ti! —afirmó Hermione con voz entrecortada.

Se puso de pie y, cuando el Duque hizo lo mismo, lo besó una vez más, prolongando el beso lo más posible. Después, con un sollozo, se dio la vuelta y bajó la escalera sin mirar atrás.

El Duque permaneció inmóvil hasta oír que la puerta de la Capilla se cerraba. Entonces se sentó y, contemplando la vidriera situada encima del Altar, pensó que estaba pagando un precio muy alto por «la felicidad que Hermione le había dado».

Pensó también en el Secretario, quien los había estado vigilando para informar a su Amo, aun sabiendo que aquello sería una catástrofe para la Condesa.

—¡Maldición! ¡Merece un buen escarmiento! —exclamó con voz sorda.

Lo que más odiaba el Duque era la estupidez... y nada podía ser más estúpido que creerse, como él, a salvo de espías y soplones.

Como resultado, había colocado una soga en torno a su cuello y también al de Hermione.

Sin embargo, tenía la sensación de que ella podría convencer a su esposo y librarse del peligro.

No cabía la menor duda de que Wallington aún estaba muy enamorado de ella. Si estuviera en relaciones con otra mujer, las chismosas lo hubieran comentado de inmediato, movidas por el deseo de humillar a Hermione porque estaban celosas de su belleza.

Sí, Hermione estaría a salvo... Él, en cambio, decidió el Duque, tendría que pagar un precio muy alto. ¡Sería como una condena de por vida!

Cuando estuvo seguro de que nadie lo vería, salió de la Capilla y se dirigió a su Casa.

Por el camino se preguntó qué podía hacer aquella noche. Con anterioridad tenía el proyecto de Cenar con Hermione y pasar con ella una última noche de amor antes del regreso de Wallington. Ahora dudó entre ir al Club o invitar a algunos amigos a cenar con él. Pero esto podía ser un error, ya que se les haría extraño que no estuviera con Hermione...

Ahora estaba seguro de que muchas otras personas, además del Secretario de Wallington, habían estado pendientes de sus actos.

«¡Maldita sea! ¿Es que no hay forma de que un hombre pueda tener un poco de intimidad?»

*

Al entrar en casa, cuando le dio el sombrero al lacayo, éste le informó:

—La Duquesa desea ver a Su Señoría.

El Duque supuso que su Madre se hallaría en el Salón donde acostumbraba tomar el té a aquella hra.

Allí estaba, en efecto, sentada junto a una ventana y contemplando la tarde soleada.

—¡Por fin llegas, Querido! Déjame que te sirva una taza de té y hablemos de lo que he planeado para esta noche.

—¿Para esta noche? —se sorprendió el Duque.

—Sí. Pensé que, como sin duda estarías libre, podíamos invitar a varios amigos a cenar con nosotros e ir después a ver el espectáculo del Drury Lane que, según me han dicho, es excelente.

Los ojos de la Duquesa brillaban y el Duque comprendió que su Madre había planeado aquello para que lo vieran en público.

—Después —continuó diciendo ella—, prometí que asistiríamos unos momentos a la Recepción que tendrá lugar en la Casa Apsley. Quizá te resulte aburrida, pero allí se encontrará el Primer Ministro junto con varios Estadistas más.

El Duque rió sin poder evitarlo.

—¡Mamá, eres maravillosa! —exclamó—. Supongo que debería sentirme agradecido, pero por el momento de lo que tengo ganas es de golpear a alguien, preferiblemente a mí mismo, por haber sido tan imbécil.

La Duquesa levantó una mano.

—Todos cometemos errores, mi Querido Niño — dijo—, pero lo más importante es procurar no repetirlos.

Capítulo 4

MIENTRAS el carruaje se acercaba a King's Road, Isolda se sentía presa de temor. En realidad, se sentía horrorizada desde que su Tío le había dicho:

—Escribe estas cartas que llevarás mañana en persona al Duque de Strathvegon.

Le sorprendió, sabiendo lo mucho que lo despreciaba, que su Tío escribiera una carta al Duque.

Después, al oír lo que le dictaba, se quedó perpleja. Cuando él terminó, Isolda dijo:

—¡Por Dios, Tío...!

—¡Cállate! —vociferó él—. No quiero ningún comentario de tu parte. ¡Harás exactamente cuanto yo te indique!

Ella no se atrevió a protestar más, pero luego estuvo despierta toda la noche, preguntándose si podría soportar aquella humillación.

Ya era bastante ofensivo tener que oír cómo sus familiares insultaban a su Padre día tras día, pero que lo hicieran delante de desconocidos le provocaba deseos de morir.

Sin embargo, cuando llegó la mañana, comprendió que lo único que podía hacer era obedecer a su Tío. No tenía ni un centavo a su nombre ni lugar alguno adonde dirigirse si se iba de allí. Tal vez morirse de hambre fuera mejor que seguir soportando aquella vida; sin embargo, no tenía valor para hacerlo.

Una Doncella la despertó a las siete, como de costumbre, y le dijo:

—Su Señoría ordena que meta usted todo lo necesario aquí, Señorita Isolda.

Mientras hablaba dejó en el suelo una maleta de mimbre como las que solía utilizar la servidumbre. Cuando estuvo sola, Isolda pensó que hacer aquello era una pérdida de tiempo.

Llevaría su equipaje a la estación tal como su Tío se lo ordenaba y luego, cuando la hicieran regresar, tendría que volver a colocarlo todo en su sitio.

Estaba llegando a la estación y se preguntó si le sería posible esconderse de alguna manera en el Tren del Duque. Éste la llevaría hasta Escocia y, una vez allí, desaparecería para que su Tío jamás pudiera encontrarla...

Quizá en aquel país encontrara un lugar donde fregar suelos o cocinar para otros. Cualquier cosa sería preferible a lo que había sufrido en los dos últimos años. Pero al instante comprendió que incluso aquella idea de escaparse era un sueño sin esperanzas.

El carruaje llegó a la estación y un Lacayo bajó para cargar el equipaje de Isolda con gesto desdeñoso. Debía llevarlo hasta el Tren en lugar de pagar a un maletero, por que el Marqués deseaba que los amigos del Duque vieran la librea de los Derroncorde que vestía el Lacayo. Así sabrían de quién se trataba, aunque Su Señoría no comentase nada.

Mientras recorría el andén, Isolda comenzó a temblar. Le parecía que caminaba rumbo a la guillotina.

Pero al mismo tiempo el orgullo que poseía, y del cual casi se había olvidado, la hizo mantener la cabeza alta en lugar de escapar.

Había pensado hacerlo, regresar a Casa de su Tío y decirle que había llegado demasiado tarde. Eran ya casi las doce. Su Tío se había asegurado de que llegara cuando todos los demás invitados se encontraran presentes para formar el público de la escena que la obligaría a representar.

«¿Cómo puedo enfrentarme a esta humillación?», se preguntó desolada.

Todos los nervios de su cuerpo estaban tensos.

De pronto sintió que su Madre estaba junto a ella, infundiéndole valor.

Levantó más la cabeza y anduvo un poco más despacio, lo que le confería mayor dignidad.

El Tren, blanco y con los marcos de las ventanas y las puertas pintadas de rojo, casi parecía un juguete. Isolda observó que el Guardavías ya se encontraba listo para dar la orden de partida; esperaba únicamente la conformidad del Duque.

El Coche-Salón se encontraba detrás de la Máquina, mientras que los Coches-Cama estaban al final.

A través de las ventanas pudo ver los elegantes sombreros de las invitadas y a un buen número de caballeros que conversaban con ellas.

Un escocés, que vestía la falda típica con el distintivo del Duque, se encontraba junto a los escalones que daban acceso al Coche-Salón y miró a Isolda sorprendido. En el interior, la Duquesa le acababa de decir a su Hijo:

—Todos han llegado ya excepto Sarah Corde.

—Es privilegio de las Damas retrasarse —contestó él—, así debemos concederle aún cinco minutos, ¿no te parece?

Acababa de alejarse la Duquesa para conversar con sus amistades, cuando, a través de la ventana el Duque vio a una joven de aspecto mísero, vestida completamente de negro.

Por un momento pensó que se trataba de una Doncella que no había sido conducida a su lugar en los Dormitorios del Tren. Después observó que aquella muchacha tenía unos preciosos cabellos rubios, apenas cubiertos por el sombrerito negro que llevaba. Reparó también en sus enormes ojos.

Ella llegó hasta el vagón y le habló a Douglas, el Ayuda de Cámara del Duque. Éste se preguntó qué estaría sucediendo. Advirtió que la muchacha era seguida por un Lacayo que llevaba una extraña maleta y cuya librea dejaba ver que era Sirviente de alguien importante.

Debía de ser Lady Sarah Corde, se dijo el Duque; pero, ¿cómo iba a vestir de luto si, como su Madre se lo había dicho, era una debutante que se encontraba disfrutando de la Temporada londinense?

Douglas entró en el Coche-Salón y, al llegar junto a su Amo, le dijo con voz baja:

—La Señorita Isolda Corde desea hablar con Su Señoría.

La joven vestida de negro se hallaba justo detrás de Douglas y ahora el Duque pudo ver que era casi una niña, cuyos enormes ojos grises miraban llenos de temor.

Se le acercó y dijo con una voz tan débil que él casi no pudo oírla:

—Me indicaron que... que entregara personalmente esta nota a Su Señoría.

Cuando se la dio, él pudo ver que le temblaba la mano y que su guante negro estaba zurcido en varios puntos. Tomó la nota y le dijo:

—Supongo, Señorita Corde, que ha venido usted a informarme de que Lady Sarah no podrá acompañarnos. Ella pareció más asustada aún y respondió con voz trémula:

—¿Quiere Su Señoría ... leer la nota, por favor?

El Duque abrió el sobre, desdobló el pliego que contenía y leyó.

Estoy al tanto de sus esfuerzos por escapar de una situación que usted mismo provocó.

No permitiré que mi hija se rebaje sirviendo como salvavidas para evitar que Su Señoría se ahogue. En su lugar, le envío a la Hija de mi difunto Hermano John, cuya conducta bochornosa e indigna hace de ella una compañera digna para usted. Derroncorde

El Duque sintió despertar su ira. Se quedó mirando la nota y pensando que no era posible que un hombre actuara de manera tan ofensiva con él.

Una vocecita asustada dijo a su lado:

—Yo... lo siento mucho.

—¿Sabe usted lo que me dice su Tío? —preguntó el Duque.

—Él... me obligó a escribirlo.

—¿Y se da usted cuenta de lo ofensivo que resulta?

Isolda respiró hondo y guardó silencio. El Duque pensó que ninguna mujer podía parecer más desolada e infeliz.

—Lo... lo siento mucho —repitió ella—. Me retiraré de inmediato.

—¿Es eso lo que su Tío esperaba que hiciera? —preguntó el Duque.

Observó que la joven miraba a sus invitados y se retorcía las manos por el miedo y los nervios. Sin duda temía que la pusiera en evidencia delante de todos antes de ordenarle que se retirara lo más pronto posible.

Comprendió lo vilmente que el Marqués había planeado todo: quería humillarlo no sólo a él, sino también a aquella pobre niña que no era sino una víctima indefensa en sus manos.

Isolda, a punto de desmayarse por la tensión, comenzaba a dirigirse hacia la puerta cuando la Duquesa llegó junto a su Hijo.

—¿Qué sucede, Kenyon?

El Duque metió la nota en el bolsillo de su chaqueta.

—La Señorita Corde me ha traído una nota en la cual me informan de que, desafortunadamente, Lady Sarah no podrá acompañarnos —respondió a su Madre—. Pero como no desea alterar el número de invitados, nos envía en su lugar a su Sobrina.

Al oír esto, Isolda se volvió sorprendida para mirar al Duque. Estaba muy pálida y los ojos parecían llenar su pequeño rostro.

—¡Qué detalle tan considerado! —exclamó la Duquesa—. Bien, ahora que el grupo está completo, ya podemos iniciar la marcha.

Se acercó a Isolda y le dijo con su acostumbrada dulzura:

—Ven conmigo, Querida, y te presentaré a los demás miembros del grupo.

Por un momento, la joven no se pudo mover. Oyó que el Duque le decía a Douglas:

—Ocúpese de que el equipaje de la Señorita Corde sea subido al Tren y después informe al Guardavías que estamos listos para partir.

—Muy bien, Señoría.

Casi de inmediato se oyó ruido de puertas que se cerraban y el sonar de un silbato. Cuando el Guardavías agitó su bandera roja, el Tren empezó a alejarse del andén.

La Duquesa había llevado a Isolda a la parte posterior del Vagón, donde se encontraban Lady Beryl y Lady Deborah en compañía de dos amigos del Duque.

La Duquesa los presentó y explicó que Isolda iba en sustitución de su Prima. La joven se sentó junto a una ventanilla sintiendo que todo su mundo se había vuelto del revés o que estaba dormida y soñaba...

Tan pronto como el Tren se puso en marcha aparecieron los Camareros. Portaban bandejas con bocaditos para que los invitados los tomaran con el champán que ya se había servido.

Isolda, aturdida, aceptó sin pensar una copa de champán y un bocadito de paté. Casi no era consciente de lo que hacía. Después, cuando el tren cobró velocidad, se dio cuenta de que, por increíble que pareciera, su sueño se había convertido en realidad e iba camino de Escocia.

Súbitamente, tomó la decisión de que jamás regresaría. Por atemorizador que resultara estar sola en otra tierra, allí al menos sería libre. Todo era preferible a seguir soportando la crueldad de su Tío.

El día anterior, después de dictarle la carta, deliberadamente la había obligado a copiarla tres veces en limpio. No porque tuviera errores, sino porque deseaba una copia para mostrarla a sus amigos y otra para sus archivos.

—No pienso olvidar nunca la manera como le he dicho a ese granuja lo que pienso de él —comentó.

Cuando Isolda trató de protestar por tener que llevársela en persona al destinatario, él la abofeteó, advirtiéndole que, si no lo obedecía, pensaba golpearla hasta que cumpliera su orden.

—¡Tu Padre manchó mi nombre! —le gritó—, y si tú me desobedeces, te pegaré hasta dejarte sin sentido!, ¿entiendes?

Cuando al fin la dejó irse, Isolda se sentía tan débil que hubo de acostarse un rato antes de poder hacer cualquier cosa. Ahora, aunque temía que el Duque fuese aún más agresivo que su Tío, se encontraba camino de Escocia.

«¡Gracias Dios mío, gracias!», rezaba de todo corazón.

Repentinamente se dio cuenta de que las personas que la rodeaban la miraban con curiosidad y, cohibida, dejó la copa sobre una mesa, pero se comió el paté para evitar que el champán la afectase, pues notaba un doloroso vacío en el estómago.

La víspera no había comido ni cenado nada, pues se sentía muy herida por el comportamiento de su Tío.

«Debo tener mucho cuidado de no actuar mal», se dijo e hizo un esfuerzo para interesarse por las personas que la rodeaban.

Se percató de que Lady Deborah Hurst se reía de cuanto los Caballeros le decían y Lady Beryl Wood parecía muy triste. Sin embargo, lo tenía todo para ser feliz. Estaba vestida con ropa muy elegante y un sombrero a juego, adornado con camelias blancas y hojas verdes.

Los bocaditos fueron seguidos por un Almuerzo delicioso y, para sorpresa suya, Isolda comió de todo. Se dio cuenta de que varios invitados la miraban con curiosidad; sin embargo, eran demasiado educados como para hacerlo descaradamente.

Los tres Caballeros más jóvenes, cuyos nombres eran Hugo, Anthony y Perry, bromeaban con las muchachas e hicieron chistes que todos, con excepción de Lady Beryl, encontraron divertidos.

Hacía tanto tiempo que nadie le hablaba como si fuera un ser humano, que Isolda casi no podía creer que lo que estaba ocurriendo fuera realidad.

Al concluir el Almuerzo, los invitados empezaron a reunirse en pequeños grupos. Los dos matrimonios amigos de la Duquesa se dispusieron a jugar una partida de Bridge. Hugo le estaba mostrando a Deborah las ilustraciones de una revista. La Duquesa le consultaba a Anthony, quien al parecer era un experto bailarín, acerca de las piezas que deberían interpretarse en el Baile.

Fue entonces cuando el Duque, con una copa de brandy en la mano, se dirigió a la parte posterior del Vagón y se sentó junto a Isolda.

—¿Hay algo que pueda hacer por usted? —le dijo a Lady Beryl—. Me he dado cuenta de que no ha disfrutado del Almuerzo tanto como mi Madre hubiera deseado.

Lady Beryl lo miró de una manera que a Isolda le pareció hostil, y su respuesta confirmó esta impresión:

—No, gracias, lo único que deseo es que me dejen sola.

Mientras hablaba, se incorporó y fue a instalarse en un asiento al otro lado del Vagón. Se apoyó en la ventanilla y cerró los ojos como si tuviera intención de dormir.

El Duque se volvió hacia Isolda y, aprovechando que se encontraban un poco separados del resto del grupo, le preguntó:

—Dígame, ¿por qué viste de negro? ¿Está usted de luto?

Isolda negó con la cabeza y dijo titubeante:

—Su Señoría... ha sido muy amable al no rechazarme tal como yo esperaba. Prometo que no le causaré problemas y, cuando lleguemos a Escocia, desapareceré para que Tío Lionel no pueda encontrarme.

—¿Por qué pretende hacer eso?
—Porque no soporto permanecer con él más tiempo.

De pronto, como si le pareciera que había sido indiscreta, Isolda miró al Duque y preguntó:

—No le dirá nada, ¿verdad, Señoría? ¿Y... no me hará regresar?

—No, claro que no. ¿Por qué iba a hacerlo si usted no lo desea? Sin embargo, comprenderá que tengo curiosidad por saber qué le sucede y por qué viste de negro.

Isolda respiró hondo.

—Mi Tío me aborrece por lo que hizo Papá, pero... supongo que eso es comprensible.

Desvió la mirada antes de decir con voz que fue poco más que un suspiro:

—Ojalá yo fuera lo bastante valiente para... seguirlo.

—Recuerdo haber visto montar a su Padre —comentó el Duque—. ¡Me pareció formidable! No sólo porque su caballo fuera excelente, sino porque lo guiaba de manera tan experta que parecía que lo hiciera volar por encima de los obstáculos.

Isolda juntó las manos. Se había quitado los guantes y el Duque pensó que sus manos eran muy sensibles y casi tan reveladoras como sus ojos.

—Es maravilloso oírle hablar así de mi Padre —dijo ella—. La demás gente sólo recuerda...

No era necesario que dijera más.

—Cometió un error, pero ahora usted debe olvidarlo —aconsejó el Duque.

—¿Cómo hacerlo, si Tío Lionel me dice una y otra vez que... nadie querrá nunca hablar conmigo ni mirarme siquiera, a no ser con... odio y desprecio?

Se estremeció mientras hablaba y miró al Duque para preguntarle:

—¿Cómo es posible que Su Señoría haya sido tan bueno?

Tío Lionel esperaba que me insultara y me echase... como él lo hubiera hecho. El carruaje me estaba esperando para llevarme de regreso, con los Sirvientes muertos de risa ante mi humillación.

El Duque apretó los labios.

Odiaba la crueldad en cualquiera de sus formas. Por lo visto, el Marqués esperaba que él torturase también a aquella pobre criatura.

Tomó un sorbo de brandy antes de decir:

—Tengo algo que proponerle.

Isolda lo miró con aprensión y él se apresuró a aclarar:

—No es nada malo, pero quizá necesite usted hacer un esfuerzo para cumplir lo que yo le pida.

—¿De qué se trata?

La voz de Isolda temblaba, y él infirió que temía que le pidiese que abandonara el Tren en la primera estación del recorrido.

—Ya le he dicho que no es nada malo —insistió—. Por el contrario, se trata de algo que puede resultarle muy grato si tiene la presencia de ánimo necesaria. Escuche:

—Puesto que ha sufrido tanto por las culpas de su Padre, quiero que, mientras permanezca en Escocia como invitada mía, se olvide por completo del pasado y disfrute del presente.

Isolda lo miró a los ojos.

El Duque adivinó que se estaba preguntando si hablaba en serio o pretendía burlarse de ella. Viéndola tan joven e indefensa quiso asegurarle que era completamente sincero, por lo que le dijo con calma:

—Su Tío es un déspota y disfruta teniendo a alguien más débil que él para aterrorizarlo. Mas ahora que ha escapado usted, ¡olvídelo!

—Eso es lo que quisiera hacer —suspiró Isolda.

—Me parece que su idea de huir en el momento que llegue a Escocia no es muy atinada —observó el Duque—. Es demasiado joven y bonita como para no meterse en problemas.

Una vez más se dio cuenta de que Isolda tenía miedo de confiar en lo que él decía.

—Lo que más me agradaría —continuó— es que disfrute usted del Baile que mi Madre va a ofrecer y que, por supuesto, admire el Castillo que a mí me parece bellísimo.

—Mamá solía hablarme de los Castillos escoceses — murmuró Isolda—, y siempre he deseado conocer uno.

—Pues ahora tendrá oportunidad de hacerlo —le aseguró el Duque con una sonrisa—, y me sentiré muy molesto si no intenta pasarlo bien.

—¿De verdad desea Su Señoría que me quede? —preguntó Isolda—. Temo... que sus amigos me encuentren muy extraña.

—¿Por qué habría de ser así? —de inmediato se dio cuenta el Duque de que la pregunta era absurda y añadió-: Tiene que ser sensata respecto a lo de su Padre. Sé que es difícil pero los humanos olvidamos y usted tiene toda la vida por delante. Recuerde: por grave que sea un error, nadie puede volver el tiempo atrás.

Isolda pareció tranquilizarse un poco.

—Su Señoría es muy amable —dijo— y como lo que me sugiere es algo muy sensato, le... le haré caso.

Sonrió con gracia al decir esto y añadió:

—Sé que me voy a ver fuera de lugar en su fiesta; un chivo expiatorio no es un animal muy bonito.

Una vez más, el Duque sintió que lo invadía la indignación. Cada palabra que Isolda pronunciaba, le hacía ver con claridad que el Marqués la había martirizado hablándole constantemente del fraude de su Padre y el posterior suicidio.

—¡Olvídelo! ¡Olvídelo todo! —repitió—. Siéntase que ha vuelto a nacer cuando se vea vestida como una bonita *debutante* que comienza su vida con una serie de bailes y fiestas.

Isolda dejó oír su risa cristalina.

—Lo está convirtiendo Su Señoría en un Cuento de Hadas. ¡Espero que por lo menos dure hasta la media noche!

—Si soy yo quien hace las veces de Hada Madrina, le prometo que así será —repuso el Duque con buen humor.

—Deseo creer a Su Señoría —dijo Isolda—. Casi puedo ver ya cómo la calabaza se convierte en carroza y los ratones en caballos.

Mas, como si de pronto recordara la parte siguiente del cuento, apartó la mirada.

El Duque adivinó lo que estaba pensando: que con su vestido desarrapado y negro se parecería realmente a Cenicienta.

—Ahora —dijo tras terminar su brandy—, le voy a pedir a mi amigo Anthony que cambie de lugar conmigo, porque deseo hablar con mi Madre.

Mientras él se alejaba, Isolda pensó que todo aquello no podía ser realidad.

¿Cómo podía un hombre ser tan bondadoso, tan humano?

Se preguntó qué habría dicho su Tío cuando el carruaje volvió sin ella.

El Lacayo le habría informado de que había sido invitada de manera muy cordial a subir al Tren y que nadie le gritó ni la echó como él esperaba.

«Quizá mi Tío me ordene regresar a casa», pensó temerosa. En tal caso, a pesar de lo que le ofreciera el Duque, tendría que escapar y esconderse.

Seguramente algunos parientes de su Madre, cuyo apellido era Sinclair, vivirían cerca del Castillo. ¿Le sería posible ponerse en contacto con ellos?

Ninguno había ido al funeral de su Madre, pero uno o dos le habían escrito para darle el pésame. Lamentablemente, como no conocía a ninguno de ellos, no había guardado las cartas.

Ni siquiera se había interesado por su lugar exacto de residencia; sólo sabía que era en Escocia.

Confiada, se dijo que, si era necesario, su Madre la ayudaría.

Había sentido su presencia cuando se acercaba al Tren. Estaba segura de que si su Madre la había ayudado a escapar del Marqués, ahora también procuraría que no hubiera de regresar.

«¡Ayúdame, ayúdame, Mamá!», imploró llena de fe.

Todavía estaba rezando cuando Anthony, el amigo del Duque, vino a sentarse a su lado.

—He estado planeando con la Duquesa las danzas que se interpretarán durante la fiesta, pero supongo que usted no las conoce.

—Por el contrario —respondió Isolda—, sé bailar la contradanza, el rigodón y varias más.

Anthony, que era un hombre bien parecido, de la misma edad del Duque, exclamó:

—¡Esto sí que es una sorpresa! ¿Acaso es usted escocesa?

—Mi Madre era una Sinclair —repuso Isolda—. Pero nunca he estado en Escocia.

—Entonces, como un McDonald que soy, permítame darle la bienvenida a su tierra natal. Y espero que me ayude a enseñarle los bailes tradicionales a las demás jóvenes.

—Por favor, no me pida que haga eso —rogó Isolda—. Me temo que he exagerado al decir que sé bailarlos. En realidad, sólo he bailado en fiestas infantiles a las que mis Padres solían llevarme.

—No importa. Siendo escocesa, le resultarán muy fáciles —afirmó Anthony con una sonrisa tan encantadora, que Isolda no tuvo más remedio que sonreír también.

Mientras tanto, el Duque hablaba con su Madre. Primero le mostró la nota que el Marqués le había enviado.

La dama hizo una exclamación de disgusto.

—¿Cómo se atreve a ser tan insolente contigo? Siempre me ha parecido un hombre muy desagradable. Ella nunca me lo ha dicho, pero algunas veces he sospechado que Sophie, su mujer, no es tan feliz como aparenta.

—Ciertamente, Derroncorde se ha esforzado todo lo posible en hacer infeliz a esa pobre chica —señaló el Duque.

—Has hecho muy bien al retenerla con nosotros, en lugar de mandarla volver a Casa de ese energúmeno.

—La trata con la mayor crueldad y la obliga a vestir de luto aunque no exista una razón para ello a estas alturas —explicó el Duque a su Madre.

—¡Dios mío, apenas puedo creerlo! —exclamó ella—. ¡Jamás había sabido de algo tan inhumano!

—Yo le he sugerido a la |Señorita Corde que intente divertirse como si fuera una *debutante* mientras permanezca en el Castillo. Eso quiere decir, Mamá, que tendrás que proporcionarle algo de ropa. No es posible que asista al Baile ni que se pase el fin de semana vestida como ahora lo está.

—Estoy segura de que podré ayudarla —asintió la Duquesa—. Y te pido excusas, hijo mío, por haber pensado que Lady Sarah podía ser una buena esposa para ti.

Jamás habrías podido soportar al Marqués como suegro. —Me gustaría mucho decirle a la cara lo que pienso de él; pero no..., eso sería rebajarme a su nivel. Lo que debemos hacer es provocar un gran alboroto acerca de su Sobrina. Estoy seguro de que eso le molestará más que cualquier otra cosa.

—Entiendo lo que sugieres —respondió la Duquesa—. Mientras tanto, Querido, tendrás que dedicarte a las otras dos chicas. ¿Has hablado ya con Beryl Wood?

—Sí, y una cosa ha quedado clara: ella no quiere hablar conmigo.

La Duquesa miró sorprendida a su hijo.

—¿Por qué dices eso?

—Se la ve muy triste desde que subió al Tren y, cuando traté de hablarle, me soltó que quería estar sola, se sentó al otro lado del Vagón y cerró los ojos.

El Duque observó que su Madre parecía molesta y añadió:

—No te preocupes. Quizá se alegre cuando lleguemos al Ccastillo. Mientras tanto, debo hablar con Lady Deborah.

—Su Padre, sin lugar a dudas, sería un suegro mucho más agradable que el Marqués.

—Aunque también muy cargante —observó el Duque—. Perry me comentó que Fernhurst está con el agua al cuello.

—¿Quieres decir que tiene muchas deudas?

—Hasta las orejas, según Perry.

La Duquesa suspiró.

—Vaya, parece que todo sale mal... Pero tenemos tres días de plazo antes de que hayas de tomar una decisión.

—Supongo que no hay alternativa —masculló él con voz sombría.

—Únicamente regresar y enfrentarte a George Wallington.

No había necesidad de decir que esto era imposible. El Duque sabía que, para entonces, Wallington ya habría cruzado el Canal y llegado a Dover.

Hermione estaría pensando lo mismo y llorando desconsolada porque él se había marchado, dejándola para que se enfrentara sola con su esposo.

Si él hubiera sido un hombre cualquiera y sin ningún compromiso, se dijo irritado, habría mandado detener el Tren y regresado a Londres.

De esa forma, ambos se hubieran podido enfrentar con George Wallington y espetarle que hiciera lo que se le antojara.

Sin embargo, no sólo su Madre, sino todo el Clan McVegon, sufriría si llevaba a cabo una acción así y el Clan era lo más importante.

Como Jefe suyo que era, tenía responsabilidades que tal vez fueran difíciles de comprender para alguien de otra nacionalidad. Para un Clan Escocés, el Jefe era su Pastor, su Padre y sobre todo, su Guía.

Sus miembros lo consideraban como si fuera un Monarca y esperaban de él ayuda, protección y ejemplo. ¿Cómo iba a dejarlos a merced de su Tío, que siempre se había distinguido por su poca inteligencia y no tenía hijos varones para que lo sucedieran?

En Escocia una hija podía heredar el Título de su Padre si no había hijo varón, pues el Título en sí no tenía mucha importancia; mas el Duque no recordaba ningún clan que hubiera tenido a una mujer como autoridad máxima.

Así pues, él tenía que cumplir con sus altas responsabilidades a costa de lo que fuera.

Miró a su Madre y le pareció que ésta adivinaba lo que estaba pensando. Presionó su mano cálidamente y, sin hablar, se puso de pie para ir junto a Deborah.

Hugo, que charlaba con ella, se alejó discretamente cuando Su Señoría se acercó.

Capítulo 5

EL VIAJE a Escocia se realizó lo más cómodamente posible.

El Tren se detuvo en una desviación a temprana hora de la noche para que los pasajeros pudieran dormir, y se puso en marcha a la mañana siguiente, después del Desayuno.

Con la luz del día, Isolda vio que el paisaje había cambiado y lo contemplaba fascinada desde la ventanilla. Al pasar por Perthshire con sus altas montañas y profundos ríos, pensó que nada podía ser más hermoso. Disfrutaron de un magnífico Almuerzo y, cuando ya caía la tarde, llegaron a la pequeña estación que había sido construida por el Padre del Duque.

Estaba situada directamente frente a las verjas del Castillo, pero había allí varios carruajes para conducir a los invitados por la avenida al final de la cual se elevaba el añoso edificio, en cuya Torre principal ondeaba el estandarte Ducal.

Isolda, al verlo desde lejos, pudo darse cuenta de que estaba construido sobre una hermosa Bahía. Era de piedra gris claro y parecía salido de un Cuento de Hadas.

Mientras recorría la avenida sentada junto a Lady Beryl y Lady Deborah, con el Duque, Hugo y

Anthony en frente, la expresión de su rostro era tan reveladora, que Su Señoría le pidió sonriente:

—Bien, dígame qué opina de mi Castillo.

—¡Tengo miedo de que se esfume antes que yo pueda entrar! —respondió ella, visiblemente emocionada.

Lady Deborah estuvo de acuerdo en que era muy bonito. Lady Beryl, por su parte, guardaba silencio. Casi no había hablado durante todo el viaje e Isolda tenía la impresión de que, cada vez que el Duque se le acercaba o le dirigía la palabra, ella temblaba.

También la Duquesa se había dado cuenta de que algo andaba mal y le había dicho a Janet, su Doncella:

—Me pregunto qué le pasará a Lady Beryl Wood. Espero que no esté enferma.

—Nada de eso, Señora —respondió la doncella—. La cuestión es que Lady Beryl no quería venir a Escocia y tiene miedo de que la inviten a quedarse en el Castillo.

La Duquesa miró sorprendida a Janet, quien agregó:

—Estuve hablando con la Doncella de Lady Beryl y ella me contó que hubo un verdadero revuelo cuando le dijeron que Su Señoría la había invitado a venir a Escocia.

—Pero, ¿por qué? —preguntó la Duquesa—. No entiendo...

—Lady Beryl está enamorada y espera poder casarse en el Otoño.

—¡Dios mío! —exclamó la Duquesa—. No se me ocurrió esa posibilidad. Entonces, ¿por qué no se negó a venir?

—Es lo que ella deseaba hacer; sin embargo, su Padre está encantado con la idea de que Lady Beryl se convierta en Duquesa.

Hubo silencio por un momento y después la Duquesa preguntó:

—¿Quieres decir que el Duque de Charnwood adivinó que esa era la razón por la cual la invitaba.

—¡Por supuesto, Señora! En las habitaciones de la Servidumbre se comentó que Su Señoría sólo podría salvarse saliendo del país o casándose.

Hacía mucho tiempo que la Duquesa no se sorprendía ya por las cosas que sabía la Servidumbre casi antes que los Amos las conocieran.

Janet era una chismosa consumada y a la Duquesa le constaba que las Doncellas de sus amigas se le parecían mucho.

No dijo nada más. Se limitó a suspirar pensando que, en lo referente al Matrimonio, ahora las posibilidades se reducían a Lady Deborah.

Ésta era muy bonita y sería una buena esposa, pero la Dama temía que su costumbre de reírse por cualquier cosa acabara por desesperar a su Hijo, que siempre se había relacionado con mujeres elegantes y refinadas.

«¡Qué descuido no haber averiguado si el corazón de Beryl ya se encontraba ocupado antes de invitarla!», se dijo.

En realidad había supuesto que como Beryl, Deborah y Sarah eran *debutantes*, no habrían tenido tiempo de perder el corazón y, por lo tanto, encontrarían irresistible a su Hijo.

Ahora ya no podía hacer nada y había de seguir adelante como si, en realidad, nada hubiese alterado sus planes.

Por lo tanto, dispuso que las tres jóvenes, el Duque y dos de sus amigos llegaran al Castillo juntos.

Y, en efecto, los caballos los condujeron lentamente entre las dos hileras de árboles que bordeaban el camino. También la verde espesura servía de fondo al Castillo, pero entre los troncos y las ramas se podía divisar el mar. Al otro lado, los páramos parecían elevarse hacia el cielo, formando un entorno perfecto para el Castillo más bello que cabía imaginar.

Cuando se acercaron un poco más, pudieron oír la música de los gaiteros del Duque, que tocaban ante la puerta para darle la bienvenida.

Era la primera vez que Isolda escuchaba el sonido de las gaitas. Deborah se tapó los oídos y Beryl pareció indiferente, pero ella sintió una emoción muy honda en el pecho.

—¡Las gaitas! —exclamó alegre.

El Duque se inclinó hacia ella.

—Tocan para darme la bienvenida como Jefe del Clan —explicó—. Siento no haberme puesto el atuendo típico.

—Será muy interesante verlo con él —dijo Isolda.

El Duque advirtió que no pretendía halagarlo como hubiera hecho una mujer más mundana. Se hallaba realmente emocionada por cuanto estaba ocurriendo, todo formaba parte del Cuento de Hadas en que se sentía sumergida.

Junto a la puerta los aguardaban varios Sirvientes vestidos a la usanza tradicional.

Los recién llegados ascendieron por una amplia escalera, cuyas paredes estaban decoradas con cuernos de ciervos, hasta llegar a un elegante Salón que se encontraba en el primer piso y sus ventanas daban al mar.

Debajo había un Jardín lleno de flores, circundado por un muro, y más allá los peñascos contra los cuales batían las olas del Mar del Norte. Todo era tan bello que Isolda permaneció en silencio, pues no existían palabras para expresar sus sensaciones.

Al notarlo, el Duque le contó que el Castillo había sido construido en origen como una fortaleza contra los daneses. Después fue agrandado poco a poco por cada uno de los Jefes del Clan.

A finales del Siglo XVII se quemó y, en la actualidad, sólo la Torre se conservaba de la estructura original.

—Fue mi Abuelo quien lo construyó como ahora es — concluyó— y a mí me satisface saber que es uno de los mejores Castillos de toda Escocia.

—¡Nada podría igualarlo! —exclamó Isolda. Después permaneció en silencio, porque aún podía oírse a los gaiteros que daban la vuelta al Castillo tocando. Fue la Duquesa quien condujo a los invitados hasta sus habitaciones. Las tres jóvenes quedaron alojadas en habitaciones contiguas.

La última de ellas estaba en una Torre, por lo que su pared exterior era curva. Fue la que ocupó Isolda.

—Creo que estarás muy cómoda aquí, Querida —le dijo la Duquesa—. A todos les gusta mucho esta habitación porque tiene una vista muy bella del mar.

—Muchas gracias... Señora, es muy bondadosa.

Cuando la Duquesa se iba a retirar, Isolda le preguntó:

—¿Señora, puedo decirle algo?

—Naturalmente, Querida. ¿De qué se trata?

—El Duque y el Caballero que organiza las danzas típicas me hablaron respecto al Baile, pero... comprenderá que es mejor que yo no participe.

La Duquesa la miró sorprendida y repuso:

—He oído decir que conoce nuestros bailes, así que, por supuesto, queremos que participe.

Isolda pareció turbada y dijo:

—Pero haré tan mal papel..., ni siquiera tengo... un vestido adecuado.

Hablaba como si pidiera perdón y la Duquesa comprendió lo avergonzada que se sentía por su situación. Cerró la puerta del Dormitorio, miró fijamente a la muchacha y después dijo:

—Escúchame, Isolda, mi Hijo me mostró la carta que tu Tío le envió y estoy sorprendida de que cualquier hombre, sobre todo un Familiar, te haya tratado de manera tan deleznable.

Isolda bajó la cabeza.

—Pero ahora debes olvidar todo eso y asistir al Baile —agregó la dama—. Aunque tenemos muy poco tiempo, estoy segura de que podremos encontrar un vestido bonito para que lo luzcas esa noche.

Observó cómo cambiaba la expresión de Isolda y prosiguió diciendo:

—También te voy a buscar alguna ropa más alegre, de color, para que puedas pasear por los páramos e ir a ver la pesca del salmón en el río.

Los ojos de Isolda se llenaron de lágrimas.

—¿Será posible? Yo... sé que no debía importunarla, pero también soy consciente de mi mal aspecto.

La Duquesa sonrió.

—Tu cara es muy bonita, Querida, y eso es algo que no puede disimular ningún vestido, por feo que sea.

Ahora las lágrimas se deslizaron por las mejillas de Isolda, pues no había recibido una sola palabra bondadosa durante los dos últimos años.

—Es difícil saber cómo expresar mi gratitud a usted, Señora —dijo con voz entrecortada.

—Entonces no lo hagas —sugirió la Duquesa—; simplemente, déjalo todo en mis manos. Ahora mismo voy a hablar con el Ama de Llaves para ver qué podemos proporcionarte.

Salió de la habitación y afuera se encontró con un Lacayo que portaba la modesta maleta de Isolda, seguido por una Doncella que ayudaría a la joven a deshacer el equipaje.

La ¿Duquesa se encaminó a su propia habitación, pero antes de llegar se tropezó con su Hijo.

—Me alegra encontrarte, Mamá —dijo él—. Venía a avisarte que el té está listo en el Salón Robert de Bruce.

—En seguida voy —repuso la Duquesa—, pero antes debo hablar con la Señora Rose. Hay que buscar algo para que se lo pueda poner esa pobre niña. ¿Te imaginas algo más injusto que negarse a comprarle ropa nueva durante dos años, cuando lo poco que tiene apenas se lo puede poner ya?

—¡Me gustaría poder decirle a Derroncorde lo que pienso de él! —exclamó el Duque, furioso.

—También a mí. Pero supongo que el hecho de que no hicieras regresar a Isolda como él lo esperaba, le dará que pensar.

Sin aguardar respuesta, la dama se apresuró hacia su propia habitación.

Tal como suponía, la Señora Rose, que llevaba como Ama de Llaves del Castillo casi cuarenta años, se ocupaba de que todo estuviera en orden.

—¿Cómo está usted, Señora Rose? —la saludó tendiéndole la mano.

—Encantada de saludar a la Señora —repuso el Ama de Llaves, haciendo una reverencia.

—He de pedirle que me busque algunos vestidos para la Señorita Isolda Corde. No tiene ropa adecuada y estoy segura de que usted encontrará algunas prendas mías que le pueden servir.

La Señora Rose pareció sorprendida, pero no comentó nada y la Duquesa continuó diciendo:

—Es muy delgada, así que mis vestidos se le pueden achicar. Lo más importante es conseguirle uno bien bonito para el Baile.

Mientras hablaba pensó que esto iba a ser difícil, porque Isolda, como *debutante*, debía vestir de blanco, y sus vestidos eran todos oscuros o de aquel gris paloma que tan bien le quedaba a la Princesa Alejandra de Gales.

—Déjelo en mis manos, Señora —dijo la Señora Rose con tono de suficiencia—. Tengo guardadas hasta las tarlatanas que la Señora trajo cuando vino por primera vez al Castillo hace treinta y cinco años, y también algunos preciosos vestidos que conservé por si algún día se necesitaran. La Duquesa sonrió.

—¡Debí suponer que usted tendría la solución a cualquier problema, Señora Rose! Y ahora, ¿quisiera usted ir a hablar con la Señorita Corde?

Hizo una pausa y al momento añadió:

—¡Ah, y tire a la basura esos horribles vestidos negros que se ha estado poniendo durante los últimos años! ¡Son verdaderos harapos!

A Isolda le pareció como si la Señora Rose tuviera una varita mágica.... lo cual habría ido de acuerdo con el ambiente general del Castillo.

No asistió al té en el Salón Robert Bruce, pero le fue servido en su propia habitación.

Mientras ella saboreaba unos pastelillos, la Señora Rose, asistida por dos Doncellas, se presentó cargada con un montón de faldas, blusas, vestidos y abrigos, algunos de los cuales dejaron sin aliento a la joven.

Los vestidos que la Duquesa había llevado al Castillo cuando se casó con el Tercer Duque del Título se conservaban intactos. Habían sido confeccionados por uno de los mejores modistos de Londres y las telas eran prácticamente imperecederas.

Tanto su Familia como el Duque, quien la adoraba, habían gastado grandes sumas de dinero en vestirla. Él la llevó a París y le compró las maravillosas creaciones de Frederick Worth, que durante casi un siglo no tuvieron comparación.

En el Castillo vivían dos costureras muy hábiles, capaces de transformar cualquier vestido pasado de moda en otro mucho más moderno. Ambas manifestaron que resultaba mucho más fácil achicar la ropa que ensancharla. Mientras le probaban los vestidos a Isolda, le mostraron que, con leves modificaciones, podían hacer de aquella ropa algo mucho más al día.

Trabajaban aprisa y con enorme habilidad. El vestido con el cual entró Isolda en el Salón aquella tarde, casi había sido modificado sobre su propio cuerpo. Al mirarse en el espejo de su Dormitorio, apenas podía creer lo que allí se reflejaba.

El vestido era en azul pálido y realzaba las curvas de su cuerpo. La falda había sido recogida hacia atrás para formar el pequeño polisón que ahora estaba de moda. Las costureras también habían arreglado el escote para que cayera ligeramente sobre los hombros.

Isolda tenía miedo de que resultara demasiado atrevido; pero luego vio que era más sencillo y discreto que los que llevaban las otras jóvenes, si bien la favorecía extraordinariamente.

Cuando la vio entrar en el Salón donde se reunieron antes de la cena, el Duque pensó que sus cabellos tenían el color de los primeros rayos del sol al amanecer.

De pronto recordó la razón por la cual había contemplado tantos amaneceres últimamente y, haciendo un esfuerzo, apartó el recuerdo de Hermione de su mente.

La noche anterior, mientras dormía en el Tren, había decidido que sería preferible no volver a verla, al menos durante un tiempo.

Estaba seguro de que, si se encontraban, ella lo miraría de aquella manera que resultaba tan reveladora e indiscreta.

Cuando él regresara a Londres, todos estarían a la expectativa de algún gesto de intimidad entre ambos cuando se encontraran en público.

«Tendré que permanecer en Escocia», pensó, y se preguntó al momento si la vida en el Castillo le resultaría muy aburrida.

En cualquier caso, si tenía que permanecer en Escocia, echaría de menos sus Fincas y sus caballos que corrían en los Hipódromos más importantes.

¡Qué situación tan insoportable!

Fuera cual fuese la reacción de George Wallington, era preferible regresar y enfrentársele.

Pero no..., en adelante no sólo debía ocuparse de sí mismo, sino también de su esposa.

En la oscuridad creyó vislumbrar la cara triste de Beryl y la risa constante e insulsa de Deborah.

Después evocó los labios de Hermione que se le ofrecían insinuantes, la suavidad de su cuerpo...

«¿Cómo podré soportarlo?», se preguntó desesperado. No hubo respuesta.

*

A la mañana siguiente, cuando el tren se puso en marcha de nuevo, sintió que se iba alejando inexorablemente de cuanto le era más querido.

No cabía duda de que los invitados se sorprendieron ante la apariencia de Isolda.

Se habían fijado en su aspecto mísero cuando se unió al grupo en King's Cross, aunque no hicieran preguntas ni comentarios.

Por su parte, la Duquesa no quería que los demás se enteraran de la manera tan abominable en que el Marqués de Derroncorde había ofendido a su Hijo. Cuando Isolda entró en el Salón, se hizo el silencio, hasta que Perry, quien al igual que el Duque vestía el típico atuendo escocés, exclamó:

—¡Parece usted recién bajada del cielo!

Esto y la risa de Isolda rompieron la tensión.

—En realidad —dijo ella—, me siento como si me hubieran tocado sus dinteles. Quizá ya no estemos en la tierra, sino en el firmamento.

—A mí no me cabe duda —comentó uno de los invitados mayores—. A juzgar por su aspecto, Señorita, esto es el mismísimo Paraíso.

Mientras todos reían la ocurrencia, un Lacayo le ofreció a Isolda una copa de champán que la joven rechazó. Sin embargo, el Duque tomó una y se la puso en la mano.

—Como éste es su primer viaje a Escocia —dijo—, debe celebrarlo con un brindis por el país cuya sangre corre por sus venas.

—Lo haré encantada —sonrió ella.

El Duque levantó su copa.

—¡Por Escocia! —brindó—. ¡Y porque siempre se sienta orgullosa de ser escocesa!

—Me siento muy orgullosa —afirmó Isolda— y también muy emocionada.

No cabía la menor duda de ello, pensó el Duque cuando la vio contemplar primero el Salón y luego el Comedor, de cuyas paredes colgaban los retratos de los anteriores Duques, entre cabezas de piezas cobradas.

Como era costumbre, hacia el final de la Cena entraron los gaiteros para tocar andando alrededor de la mesa.

A el Duque, el entusiasmo de Isolda al verlos se le antojó conmovedor.

En contraste, Deborah se había tapado los oídos una vez más y Beryl se quejó:

—¡Aborrezco las gaitas! Producen la música menos civilizada que jamás he escuchado!

Una vez terminada la Cena, los miembros mayores del grupo decidieron jugar al Bridge, y alguien sugirió que quizá a los jóvenes les gustara jugar alguna partida de cartas en que pudieran entrar todos.

A la Duquesa le pareció que había un gesto de escepticismo en la boca de su Hijo, pero él no se negó a participar cuando sus amigos sugirieron un juego llamado el «*diablo correveidile*». Hasta Beryl manifestó cierto interés por ello.

Una vez posesionada de su nuevo papel, Isolda demostró que discurría más aprisa que los demás y reaccionaba también con mayor viveza.

Ganó la partida, pero cuando los Caballeros la aplaudieron, dijo con modestia que había sido cosa de suerte. Después uno de los jugadores se levantó a servirse una copa y ella aprovechó la ocasión para acercarse a la ventana y observar la oscuridad exterior.

Las estrellas brillaban en el cielo y la luna creciente comenzaba a proyectar su luz sobre el mar. Sintió que la belleza de la escena la henchía el corazón, y por primera vez en años, se sintió feliz.

En aquel momento le parecía como si los brazos de su Madre la rodearan y la mantuvieran a salvo. ¡No había nada que temer, nada que padecer!

—Supuse que le gustaría esto —dijo a su lado una voz grave que reconoció como la del Duque.

Sin volverse a mirarlo, declaró:

—Me siento tan dichosa... , que casi no puedo creer que aún estoy viva, en este mundo.

El Duque tardó unos momentos en responder:

—Supongo que todos buscamos la felicidad, pero ésta tiene significados muy diferentes para cada persona.

—Por supuesto —convino Isolda—. En mi opinión, la felicidad que todos buscamos es algo tan abstracto y espiritual, que no puede ser eclipsada por los seres humanos.

El Duque comprendió que la joven estaba manifestando lo que su corazón sentía en aquellos momentos y repuso:

—Tiene mucha razón. Quizá hacemos que nuestra propia felicidad esté subordinada a los demás en lugar de a nosotros mismos.

Isolda sonrió.

—Eso es lo que temo —dijo—. Pero, en cuanto a mí, nadie podrá borrar jamás todo esto de mi corazón. Hizo un ademán que abarcaba el mar, el cielo, las estrellas y la luna, y el Duque supo exactamente lo que trataba de decir.

—Sin embargo, eso también puede hacer que uno se sienta muy solo —observó.

—Es cierto... —suspiró Isolda—. Por eso mi Padre... ya no pudo soportar la vida cuando Mamá murió.

—Así que se amaban mucho —dijo el Duque en voz baja.

—¡Eran parte uno del otro! Y cuando Mamá nos dejó, mi Padre perdió la mitad de sí mismo.

La voz de Isolda sonaba profundamente conmovida. De pronto, como si advirtiera que estaba hablando de manera demasiado íntima con un extraño, preguntó sonriente:

—¿Desea Su Señoría que regrese a la mesa?

—No hay prisa —respondió el Duque—. ¿Sabe? Una tarde que tengamos tiempo, la llevaré a la Torre. Creo que le interesará porque era allí donde los soldados de mis antepasados se mantenían alerta contra la llegada de los invasores en sus grandes naves.

—¡Los vikingos! —exclamó Isolda.

—Exactamente, los vikingos —confirmó el Duque y sonrió—. Los invasores por los cuales, según sospecho, usted y yo tenemos cabellos rubios en un país donde predomina la gente con cabelleras oscuras y rojizas.

Isolda lo miró sorprendida.

—Yo nunca había pensado en eso, pero es una idea muy romántica... Supongo que muchas personas le habrán dicho a Su Señoría que parece un vikingo.

El Duque recordó que sus amantes solían compararlo con un dios griego. La mayoría de ellas sabían tan poco acerca de los escoceses, que no tenían la menor idea de las invasiones vikingas, tan frecuentes en otros tiempos.

Estaba a punto de decirle a la joven que, según creía, había un barco vikingo enterrado en la playa, cuando Hugo los interrumpió.

—Deborah quiere jugar otra vez antes que nos vayamos a dormir. Vengan a reunirse con nosotros.

—Sí, enseguida —dijo el Duque y se alejó.

Isolda, por su parte, contempló una vez más la belleza exterior antes de reunirse también con los demás.

*

Al día siguiente era domingo y, cuando la despertaron, Isolda se enteró de que la Duquesa proyectaba ir a la Iglesia, mas había dicho que si sus invitados estaban muy cansados, debían aprovechar la oportunidad para descansar.

—Yo prefiero ir a la Iglesia —manifestó la joven.

La Señora Rose le proporcionó un vestido muy bonito que se acompañaba con un chal para protegerla del frío. También le llevó un sombrero de paja adornado con flores y cintas color verde claro.

Antes de partir, desayunaron en una habitación muy soleada, diferente a donde habían tomado el té. Al entrar, Isolda vio que sólo estaban allí la Duquesa y su Hijo.

Los dos parecieron sorprenderse cuando apareció la joven.

—Se ha levantado usted temprano, Querida —comentó la Duquesa—. Yo sugerí que, si estaban cansados, desayunaran en sus habitaciones y se quedaran descansando.

—No estoy cansada —respondió Isolda— y, si no estorbo, me gustaría acompañarla a la Iglesia.

—¡Nos encantará que nos acompañes! —respondió la Duquesa—. No obstante, verás que la Misa es un poco diferente a la que estás acostumbrada.

Hubo una breve pausa antes que la joven respondiera:

—No... no me han permitido asistir a la Iglesia desde que fui a vivir con mi Tío Lionel.

—¿Por qué no? —preguntó el Duque sin pensar, pero al instante, recordó que el Marqués no deseaba que su sobrina apareciera en público.

Al darse cuenta de que había cometido un error, se dirigió al aparador para ayudarla a servirse el Desayuno. Cuando se sentaron a la mesa, Isolda observó que él estaba comiendo la papilla de avena en un cuenco de madera con el borde de plata.

—Mi Madre me decía que los escoceses siempre tomaban de pie la avena —comentó.

El Duque sonrió.

—Eso era cuando teníamos miedo de que cualquier Clan enemigo nos atacara. Por el momento, creo que estoy a salvo en este Castillo.

—Eso espero —dijo Isolda—. Sería muy desafortunado que los Mcgregor, los McDonald o los McKenzie lo asediaran.

—Me siento seguro —repitió él— y, además, la tengo a usted y a Mamá para que me protejan.

—Deja de bromear —terció la Duquesa— o llegaremos tarde a la Iglesia, y no te olvides que el Sacerdote espera que leas tú el Evangelio del día.

—Confío en que por estar yo presente no pronuncie una perorata interminable.

La Madre sonrió.

—Se lo advertiste la última vez, así que no creo que el Sermón, por esta vez, dure más de media hora.

Estaba bromeando, pero él gruñó:

—Te advierto que, si es así, me quedaré dormido. Fueron a la antigua y pequeña Iglesia, en cuya puerta aguardaba el Sacerdote, vestido con sus ropajes negros, para dar la bienvenida a los Señores y conducirlos al banco destinado a la Familia del Jefe del Clan.

Cuando estuvieron sentados, Isolda observó a los fieles. Le parecieron muy interesantes y supuso que la mayor parte del ellos pertenecían al Clan McVegon.

Había hombres mayores, con largas barbas, y jovencitos que debían de ser guías o pajes. Al fondo de la nave se veían hombres con sus perros a los pies, pastores seguramente. También había niños que vestían la faldilla escocesa con el distintivo ducal. Todos entonaban jubilosos los Himnos Religiosos sin necesidad de leer los textos, cosa que, por otra parte, muchos de ellos no hubieran sabido hacer.

Cuando terminó el Servicio, el Duque fue el primero en salir de la Iglesia. A la puerta, los mayores se le acercaron para saludarlo con respeto. Él les habló acerca de las posibilidades de explotar comercialmente la perdiz blanca y les preguntó acerca del ganado. Cuando regresaban al Castillo, la Duquesa comentó:

—Es obvio que todos han venido para verte, Querido. Hace dos semanas, cuando yo fui sola a la Iglesia, no había ni la mitad de los asistentes.

—Entonces me alegro de no haberme dormido —dijo él, riendo como un niño travieso.

Isolda, que contemplaba el paisaje, preguntó:

—¿Podré ir a pasear por la colina? No quisiera molestar a las aves que haya por allí.

—No las molestará en lo más mínimo —la tranquilizó Su Señoría—. Y como a mí también me gusta andar, la llevaré hasta la cascada. Es uno de mis paseos favoritos.

—Me encantaría verla —dijo Isolda—. Muchas gracias.

—Supongo que a los demás también les gustaría acompañarnos— dijo la Duquesa, sobre todo a Deborah, que nunca había venido a Escocia.

Por un momento, Isolda deseó poder ir a solas con el Duque, mas de inmediato pensó que era muy egoísta por su parte, ya que, sin duda, él preferiría ir acompañado por los demás.

En cuanto a ella, temía que las risas de Deborah y los chistes de Hugo y Perry le impidieran apreciar la belleza del paseo, pues imaginaba que el silencio de los campos, sólo alterado por el canto de las aves, sería muy emotivo. También quería oír la cascada que caía por un lado de la colina y discurría entre rocas hasta el mar. Cuando el carruaje entró en la avenida y vio el Castillo al final de ésta, se consoló pensando que aún tenía mucho por explorar.

¡Había tantas cosas admirables en aquella tierra de fantasía en la cual se encontraba!

Cada minuto era una experiencia nueva... y también algo que quizá nunca volviese a disfrutar.

«Por favor, Dios mío», imploró, «no permitas que el tiempo transcurra demasiado rápido.».

Porque se sentía como arrastrada por una vorágine, y casi antes que pudiera recobrar el aliento, habría de tomar una decisión trascendente: regresar a casa de su Tío o escapar a lo desconocido.

Capítulo 6

MIENTRAS recorría los intrincados senderos de ovejas, Isolda experimentaba una honda emoción que seguramente se debía a que era escocesa.

En muchas ocasiones su Madre le había hablado acerca de los brezales purpúreos y de aquella luz que, según decía, sólo se podía encontrar en Escocia y ahora que ella lo veía, pensó que nada podía ser tan cautivador.

Después del Almuerzo, la Duquesa había anunciado que se retiraba a descansar, pero añadió que cada cual hiciera lo que más le agradara.

—Recuerden que es el *sabathen*. Escocia y los ancianos de nuestro Clan son muy estrictos en cuanto a que debemos conducirnos con propiedad.

Sonreía mientras hablaba, pero Isolda percibió que les estaba indicando cómo comportarse. Por su Madre sabía lo tradicionalistas que son los escoceses acerca del domingo, y ya en la Iglesia había podido observar cuán devotos eran todos.

Para deleite suyo, solamente el Duque mostró deseos de salir a pasear.

Beryl pretextó tener varias cartas que escribir, y, para la Duquesa, era evidente a quién iban dirigidas. Deborah miró a Hugo y éste dijo:

—Le prometí llevarla a pasear en bote y como el mar está hoy muy calmado, no creo que se maree.

—¡Yo nunca me mareo! —replicó Deborah, molesta, mas de inmediato advirtió que él estaba bromeando. Finalmente, cuando los mayores dijeron que se iban a sentar en el Jardín para tomar el sol, Isolda y el Duque se pusieron en marcha.

Ninguno se percató de que la Duquesa los miraba alejarse con una expresión de inquietud en los ojos. Pocos minutos después de haber traspuesto las verjas llegaron a los brezales y comenzaron a ascender. Todo a su alrededor permanecía en silencio turbado únicamente por el canto de algún ave.

Después de haber ascendido un buen trecho, el Duque indicó a la joven:

—Ahora, ¡mire hacia atrás!

Isolda lo hizo y pudo contemplar, allá abajo, los tejados y las Torres del Castillo.

Después se veía el Jardín y, por último, el azul del mar que se prolongaba hasta el horizonte brumoso. Todo era muy bello, incluso más de lo que ella imaginaba.

Se sentó lentamente y, sintiendo que todo su ser vibraba con aquella belleza, incluso olvidó que el Duque estaba allí hasta que él dijo:

—Bien, dígame lo que piensa.

—Que es tal como yo lo había imaginado —respondió Isolda—, sólo que... ¡un millón de veces más hermoso!

El Duque sonrió.

—Eso es lo que a mí me parece también siempre que regreso a Casa.

—¿Y cómo puede Su Señoría alejarse de aquí?

Se produjo una pausa antes que él explicara:

—También disfruto en mi Casa de Oxfordshire y, por supuesto, viendo correr mis caballos.

—Comprendo... Sin embargo, Su Señoría también pasa mucho tiempo en Londres.

El Duque pensó que no podía declararle a la jovencita la razón por la cual lo hacía, así que respondió:

—Tengo ciertas obligaciones en la Corte y, además, es un error dejar que los ingleses se olviden de Escocia. Debemos recordarles siempre que nosotros tenemos mucho que ofrecerles; sólo tienen que tomarse la molestia de buscarlo.

Isolda volvió el rostro hacia él.

—¡Tiene razón! ¡Por supuesto que tiene razón! —exclamó—. Mamá siempre decía que los ingleses no entienden lo mucho que Escocia tiene para ofrecer al mundo.

—Resulta interesante que usted diga eso, porque es algo que yo siempre he pensado.... pero no estoy seguro de qué puedo hacer al respecto.

—Estoy segura de que, si Su Señoría quisiera.... podría lograr mucho. Dada su importancia, los ingleses le prestarían atención.

—Se diría que no sólo pretende usted estimularme, sino también lanzarme un reto.

El Duque hablaba con ligereza. Isolda, en cambio, estaba pensativa al decir:

—Eso es lo que a mí me gustaría hacer... Escocia es muy bella y no debe ser ignorada.

Al cabo de un rato, ambos continuaron su camino. En el valle que se dominaba a sus pies, podía verse el río donde el Duque y sus amigos pescaban salmones.

—¿Puedo ir a verlos mañana? —preguntó Isolda—. Desde luego, no quisiera causar molestias.

—Nada de eso. Me agradaría que viniera con nosotros. Tal vez decida pescar usted también.

—¿De veras podría hacerlo?

—No es muy difícil y estoy seguro de que, con la suerte del principiante, pescaría su primer salmón.

Isolda bajó la cabeza y guardó silencio durante unos momentos antes de decir:

—¿Cómo es posible que Su Señoría se muestre tan amable conmigo? Nunca, nunca lo olvidaré.

—Yo le sugerí que se divirtiera —dijo el Duque—, así que olvide el pasado y no se entristezca. Siempre hay un futuro.

Nada más decir esto, comprendió que para Isolda el futuro era sombrío, aterrador, incluso. Sólo tenía dos caminos: regresar con su Tío para seguir siendo atormentada como hasta entonces, o encontrar algún lugar donde ocultarse, sin amigos ni dinero. Decidió discutir aquello con su Madre.

Quizá pudieran encontrarle un empleo para que percibiera un salario y, a la vez, estuviese a salvo.

Sin embargo, temía que con su aspecto fuera difícil encontrarle un trabajo.

Ninguna mujer colocaría en su casa a una muchacha tan bonita, menos aún si tenían un esposo o unos hijos jóvenes.

También sería imposible que ella viviera sin alguna compañía de respeto que la protegiera de los hombres, pues estos sin duda la encontrarían irresistible.

«Tendré que hacer algo por ella», se dijo el Duque, pero de momento no se le ocurría qué podría ser. Cuando comenzaron a descender en dirección al mar, el Duque pensó que sería una buena idea cambiar de tema y dijo:

—No muy lejos de aquí hay un fuerte donde yo solía jugar cuando era niño.

—¡Me encantaría verlo! —exclamó Isolda—. ¡Un fuerte, qué emocionante!

—A mí también me lo parecía —sonrió el Duque—, y creo que los visitantes disfrutan mucho visitándolo.

—Vayamos a verlo, por favor.

Siguieron caminando, ahora por un terreno más abrupto. De pronto, un hombre salió de entre los matorrales y se dirigió hacia ellos.

Presentaba un aspecto salvaje, con la ropa hecha girones y los dedos de los pies asomando por los agujeros de los zapatos.

Cuando alcanzó a Isolda y al Duque, sacó un cuchillo del cinturón y gritó algo incomprensible para el Duque. Éste, de manera instintiva, alargó un brazo con el fin de proteger a Isolda.

Para sorpresa suya, la joven, interponiéndose entre él y el desconocido, le hizo a éste una pregunta en su misma lengua.

El hombre, aunque seguía con el brazo en alto, por el momento pareció tranquilizarse.

—¿De qué se trata? ¿Qué es lo que quiere? —indagó el Duque.

Isolda le respondió:

—Dice que se está muriendo de hambre y si no le damos algo de dinero, su esposa y sus hijos morirán.

El Duque se dio cuenta entonces de que aquel hombre había hablado en gaélico e Isolda le había respondido en el mismo idioma.

—¡Muriéndose de hambre! —exclamó—. Pregúntele quién es.

Isolda lo hizo en tono amistoso y, mientras respondía, el hombre bajó la mano con que sostenía el cuchillo. Farfulló algunas palabras, entre las cuales el Duque captó su propio apellido: McVegon.

—Si pertenece a mi Clan, ¿por qué tiene hambre? ¿Dónde vive?

Isolda tradujo lo que Su Señoría deseaba saber, haciendo algunas pausas cuando no estaba muy segura de la palabra gaélica que debía emplear.

El hombre le respondió en tono apasionado y accionando mucho con las manos para apoyar sus razones. Finalmente se detuvo casi jadeante e Isolda tradujo:

—Ha venido desde muy lejos porque la cabaña en que vivía con su familia se derrumbó y ya no era habitable. Le pidió ayuda a alguien de la Aldea, creo que el Representante de Su Señoría; pero éste le dijo que no podía hacer nada por ellos y, desde entonces, han estado durmiendo en el fuerte.

La expresión de Isolda se hizo más triste al añadir:

—Su mujer va a tener un bebé y él teme que nazca en el Campo, sin ninguna ayuda.

Miraba suplicante al Duque y éste respondió:

—Hay que hacer algo por ellos. Dígale que nos lleve adonde se encuentran su esposa y sus Hijos.

La sonrisa que iluminó el rostro de Isolda cuando oyó esto le pareció al Duque una de las cosas más bellas que había visto nunca.

El hombre echó a andar casi a la carrera, por lo que ellos tuvieron que apresurarse para no perderlo de vista. Cuando llegaron vieron que habían sujetado una lona a una de las esquinas del fuerte para formar una especie de toldo. debajo estaba la mujer embarazada con sus dos Hijos.

Los niños, tan mal vestidos como el Padre y casi escuálidos, permanecían sentados en el suelo y miraron con miedo a Isolda y al Duque cuando los vieron aparecer.

La mujer, más asustada aún, trató de ponerse en pie, pero Isolda la detuvo.

—No trate de levantarse —le dijo en su lengua gaélica.

—Estoy muy cansada —murmuró en inglés la mujer.

—No es de extrañar, puesto que han venido ustedes desde tan lejos —dijo Isolda—. Además, nos comenta su esposo que tienen mucha hambre.

—Sí, muchísima —aseguró la mujer—. Trajimos algo de comer.... pero ya se nos terminó todo.

Isolda miró al Duque.

—Deben venir al Castillo —dispuso él—, y yo les encontraré un lugar donde puedan quedarse, por lo menos hasta que nazca el niño. ¿Cuándo llegará al mundo?

Por un momento la mujer pareció no comprender, pero después contestó:

—Muy pronto.

El Duque se volvió hacia Isolda.

—Dígale al hombre que si él es un Miembro de mi Clan, yo me ocuparé de ellos.

La joven lo tradujo al gaélico.

La mujer dio un grito de alegría y el hombre se arrodilló para besar la mano al Duque.

Era la antigua costumbre de manifestar fidelidad al Jefe.

A Isolda le pareció muy conmovedor. Su Señoría le dijo a la mujer:

—Síganme lo más aprisa que puedan. Debo ocuparme de que estén instalados antes del anochecer.

Cuando vio la expresión de gratitud que aparecía en la mirada de la mujer, Isolda sintió que los ojos se le llenaban de lágrimas. ¡Qué aterrador habría sido para ella pensar que iba a dar a luz en aquel lugar, con sólo su esposo para ayudarla!

Emprendieron todos la marcha e Isolda se emparejó con Su Señoría.

—¡Pobre gente! ¡Deben haber andado muchos kilómetros! Las piernas de los niños están cubiertas de llagas.

—¡Estoy muy enojado con mi Representante! —declaró el Duque—. Debió buscarles algún lugar para refugiarse o apelar a los Ancianos del Clan.

Hubo un silencio antes que Isolda dijera:

—Quizá le parezca a Su Señoría un poco presuntuoso que le hable así, pero... he leído que, a menudo, cuando los Amos están ausentes, los Encargados y Representantes se vuelven crueles e indiferentes hacia los miembros del Clan.

—En otras palabras, me culpa de esto —observó el Duque.

—Por supuesto que Su Señoría nunca permitiría que algo así sucediera —dijo Isolda de inmediato—, pero un Representante no es más que alguien a sueldo y estas personas dependen de usted. Corresponde al Jefe del Clan ayudar a quien lo necesita.

Temerosa de haber ido demasiado lejos, Isolda se apresuró a excusarse:

—Perdóneme, por favor... No debía haber dicho eso, sabiendo lo generoso que es usted.

—¡No, no, tiene usted toda la razón! —aceptó el Duque—. He estado ausente demasiado tiempo. Mañana haré venir a mi Representante para averiguar exactamente qué es lo que está ocurriendo en mis tierras y cuántos Miembros de mi Clan están sin trabajo y sin Casa.

—¡Eso será maravilloso!

Isolda miraba con admiración al Duque y él estuvo a punto de decir algo más, pero al instante cambió de parecer.

El Duque e Isolda se adelantaron para avisar en el Castillo y a la entrada se encontraron con Douglas, el Ayuda de Cámara, resplandeciente con su traje típico.

Su Señoría le contó lo que había ocurrido y le preguntó dónde podían acomodar a aquella gente.

—Deben tener un techo bajo el cual dormir esta noche —indicó—, y mañana averiguaré si hay alguna casa desocupada. También hay que encontrar algún trabajo para el hombre.

—Creo que, por esta noche, lo mejor será acomodarlos en los cuartos que hay detrás de las Caballerizas y que utilizamos para alojar a los Cocheros de los visitantes.

—Es una idea excelente —aprobó el Duque—. Haré que alguien les muestre el lugar cuando lleguen. Mientras tanto, ordene usted en la Cocina que les preparen algo de comer, cualquier cosa que ya esté hecha, y mucha leche para los niños.

Cuando Douglas se alejó para cumplimentar las órdenes del Duque, éste se dio cuenta de que Isolda lo estaba mirando con los ojos muy abiertos.

—Esto es otro Cuento de Hadas —murmuró ella con voz suave.

Él le sonrió y dijo:

—Vamos a ver esos cuartos.

Se dirigieron a los Establos, que se encontraban en la parte posterior del Castillo, y el Caballerango Mayor vino corriendo cuando vio aparecer al Duque. Éste le dijo lo que deseaba y el hombre les mostró dos cuartos situados detrás del de los aperos.

El primero era una Cocina con una mesa, varias sillas y un pequeño fogón.

—Enciéndela —ordenó el Duque al Sirviente.

—Ahora mismo, Señoría.

En la otra habitación había una cama grande con varias mantas amontonadas en una esquina.

—Los niños pueden dormir sobre las mantas —dijo Isolda.

—Sí —estuvo de acuerdo el Duque—, y el Matrimonio también necesitará mantas.

—Hay más en la alacena —informó el Caballerango y abrió la puerta para mostrárselas.

Isolda se sintió feliz al pensar que ni los Niños ni los Padres tendrían frío o hambre aquella noche.

Como la cohibía un poco hacerlo, sugirió al Duque en voz baja:

—Seguramente habrá alguna Partera en la Aldea.

—Sí, por supuesto —convino el Duque y ordenó al Caballerango que la mandase llamar.

Cuando regresaron al Patio llegaba la familia campesina. Daba la sensación de que habían caminado muy aprisa por temor a que el Duque cambiara de parecer, y a la mujer se la veía un poco agitada.

El hombre traía en brazos al niño más pequeño demasiado débil por la falta de alimento para poder andar. Los llevaron al alojamiento dispuesto para ellos y al momento llegó Douglas con otros dos hombres que traían bandejas con alimentos.

Las pusieron sobre la mesa y enseguida los niños tomaron cada uno un pedazo de pan y se lo llevaron a la boca.

La Madre iba a protestar, pero intervino Isolda diciendo:

—Siéntese y descanse. Debe de estar muy fatigada. Su Señoría ha ordenado que llamen a una Partera para que venga lo más pronto posible.

Dos lágrimas rodaron por las mejillas de la Mujer. Isolda se acercó al Duque y le dijo:

—Creo que debemos dejarlos solos. Ya están bien, aunque demasiado emocionados para poder expresar sus sentimientos.

Él, que estaba observando comer a los pequeños, le sonrió.

—Tiene usted razón. Mañana vendremos a verlos.

Se marcharon seguidos por las palabras de gratitud que el hombre pronunciaba en gaélico.

Mientras se dirigían a la puerta del Castillo, Isolda hizo un comentario gracioso;

—En esta ocasión la calabaza se ha convertido en un alojamiento muy cómodo, con un banquete digno de un Rey.

El Duque rió y no dijo nada, tal vez porque no quería hablar acerca de su generosidad. Después de tomar el té, cuando la Duquesa y los demás invitados mayores dijeron que iban a descansar antes de la Cena, Isolda tuvo una idea.

Tenía miedo de que su visita al Castillo terminara antes que pudiera verlo todo. Por lo tanto, salió del Salón de Recibir y se fue primero al gran Salón de Recepciones o Salón del Jefe, el cual estaba siendo preparado para el Baile. Era la estancia donde el Jefe McVegon recibía a los Miembros del Clan.

Las paredes estaban adornadas con cornamentas y en un extremo destacaba el escudo heráldico de los

McVegon. En la otra se veía una colección de espadas, hachas de guerra y escudos de antaño.

Los rayos del sol poniente entraban por una alta ventana que permitía ver el cielo ceñido de púrpura y oro. Isolda pensó en lo hermoso que se vería desde lo alto de la Torre.

El Duque le había prometido llevarla allí, pero seguro que lo había olvidado, así que se encaminó por los pasillos hasta la puerta de la Torre, que estaba en el extremo opuesto del Castillo.

La encontró casi por instinto y no se sorprendió al ver que la Torre debía haber experimentado muy pocos cambios desde que fue construida.

La puerta de roble permanecía abierta. Isolda la traspuso y vio la escalera de caracol que llevaba hasta la parte superior de la Torre. Subió con prontitud, ansiosa de ver la puesta de sol. Estaba segura de que jamás la olvidaría. En efecto, cuando salió a las almenas, contuvo la respiración ante la belleza del sol poniente que reflejaba su fulgor en el mar. La luminosidad sobre los campos del otro lado también era preciosa.

A lo lejos se podía divisar la Aldea pesquera y la desembocadura del río. Los últimos botes estaban entrando en el Puerto, con las velas tendidas aún.

Fue extraño, pero en medio de aquella belleza, no se sorprendió cuando una voz grave dijo a su lado:

—Pensé que la encontraría aquí.

No se volvió, mas sintió que el corazón le daba un vuelco ante la proximidad del Duque.

Era como si la luz del sol poniente le estuviera quemando el pecho.

Él se le acercó un poco más y añadió:

—He venido aquí cientos de veces, pero siempre me emociona como si fuera la primera vez.

—Sin duda se debe a que la belleza de todo esto es tan grandiosa, que no podemos captarla en su plenitud la primera vez que la vemos. Hemos de verla una y otra vez y en cada ocasión nos aporta algo nuevo.

—Eso es lo que yo siento —declaró el Duque—. Esta visión siempre despierta nuevas ideas en mi mente.

—No es extraño —murmuró Isolda—. Jamás he visto nada tan bello como esto.

—Ni yo —convino el Duque, pero ahora la estaba mirando a ella, con la idea naciente de que nada podía ser más bello que el reflejo del sol en los cabellos de Isolda y en sus enormes ojos.

La miró prolongadamente y después habló con calma:

—Isolda, ¿quiere casarse conmigo?

Por un momento ella no reaccionó. Después, como si se tratara de un sueño, suavemente, se volvió a mirarlo.

—¿Qué... que ha dicho Su Señoría? —preguntó con voz casi inaudible.

—Le he pedido que se case conmigo —afirmó el Duque—. He descubierto que representa cuanto deseo ver reunido en mi esposa; todo lo que no confiaba encontrar nunca.

Isolda lo miró a los ojos. Luego su rostro se transformó en algo tan sutilmente bello, que él pensó que jamás había visto a una mujer tan hermosa y angelical. Instintivamente alargó los brazos y rodeó el cuerpo de la muchacha, que se fundió con el suyo en un impulso de recíproca atracción.

Después se unieron sus labios.

Para Isolda todo fue como si el mundo se iluminara con una luz cegadora y ya no pudiese pensar. Sólo podía sentir un éxtasis maravilloso que jamás había experimentado.

El Duque la siguió besando hasta que ya no estuvieron en la cima del Castillo, sino volando a través del cielo y formando parte de su gloria. Cuando el Duque levantó la cabeza, se oyó la melancólica música que los gaiteros tocaban rodeando el Castillo a la puesta del sol.

Fue entonces cuando Isolda volvió a la realidad. Con los ojos fijos en los del Duque, se apartó un poco de él.

—Yo... te amo —confesó—, pero sabes bien que lo que me acabas de proponer es imposible.... ¡imposible!

Antes que el Duque pudiera retenerla, se apartó de él y desapareció corriendo por la puerta. El Duque oyó sus pasos apresurados por la escalera de piedra.

Después, mientras oía vagamente la música de las gaitas, se volvió hacia el paisaje ahora sombrío.

Había caído la noche.

Isolda llegó a la base de la Torre y corrió lo más aprisa que pudo hasta su habitación.

Al entrar cerró la puerta y, arrojándose sobre la cama, escondió el rostro en la almohada.

¿Sería aquello cierto? ¿Sería posible que el Duque le hubiera pedido que se casara con él?

Parecía el final clásico de los Cuentos de Hadas.... pero el suyo era un cuento que jamás se podría convertir en realidad.

Si el Duque la amaba, ella lo quería con desesperación y sabía que jamás podría amar a otro hombre con la misma intensidad.

Sin embargo, era muy consciente de quién era. Resultaba imposible que el Duque de Strathvegon pudiera casarse con la Hija de Lord John Corde, cuyo nombre estaba manchado por el fraude y el suicidio. Tan imposible como que las mareas cesaran o las estrellas bajaran del cielo. Su Tío le había dicho a menudo que era un paria, alguien despreciable de quien cualquier persona decente se alejaría.

¿Cómo iba un hombre a convertirla en su esposa, y menos el Duque de Strathvegon?

«Debo alejarme de aquí», pensó «y cuanto antes, mejor».

¿Cómo podría soportar el seguir allí, sabiendo que él tenía que casarse con una de las jóvenes asistentes a la fiesta?

Tanto Lady Beryl como Lady Deborah eran más que apropiadas.

Todos los instintos de su ser se rebelaban al pensarlo, pues sabía que con aquel beso se habían convertido en una sola persona, tal como el Creador lo había querido.

«Yo lo amo y por lo tanto no puedo causarle daño», se dijo. «Estoy muy agradecida por haber conocido esta sensación gloriosa, aunque no pueda hacerla mía para siempre».

Las lágrimas inundaron sus ojos, mas ella no las dejó correr. Se levantó y, acercándose a la ventana, miró afuera. El sol había desaparecido, las estrellas comenzaban a salir y el Jardín estaba envuelto en la oscuridad.

«Así será mi vida en el futuro», pensó. «Sin embargo, no me quejaré. Me consolará el haber sido amada por un hombre tan maravilloso y por haber estado aquí, donde él me tomó en sus brazos...»

Alzó los ojos al cielo y dijo en un murmullo:

—Gracias, Dios mío, por haberme dejado conocer el amor, pero yo sé que no debo hacerle daño a alguien tan noble... Ayúdame a partir sin causar problemas y a esconderme donde esté a salvo.

Tuvo la sensación de que ya se estaba alejando del Castillo por un camino solitario que no conducía a ninguna parte, mas no pudo evitar que de pronto su corazón le diera un vuelco porque él la había besado y porque lo iba a ver una vez más.

«Me iré después del Baile», decidió. «Habrá tanta actividad que nadie se dará cuenta y por la mañana ya estaré lejos..., muy lejos.»

Sabía que no iba a ser fácil; no obstante, en el peor de los casos, preferiría morir a regresar junto a su Tío.

«Por lo menos, si me muero de hambre en el fuerte», se dijo, «no tendré que oír agravios en contra de mi Padre ni los insultos que Tío Lionel siempre me dirige».

Mientras pensaba todo esto, su corazón repetía:

«¡Lo amo..., lo amo... lo amo!»

Era lo que iba a repetir con cada latido durante el resto de su vida.

Al bajar de la Torre, el Duque sentía como si se hallara en medio de un sueño y se dirigió a su Estudio para estar solo.

Al besar a Isolda había experimentado algo diferente a cualquier cosa que hubiera vivido antes. En sus aventuras con mujeres como Hermione, siempre percibía el fuego del deseo que imperaba entre ellos y que parecía consumirlos.

Pero inevitablemente, en lo que a él tocaba, aquel fuego se consumía pronto sin dejar el menor rescoldo entre las cenizas.

Lo que sentía por Isolda era muy distinto. Desde el momento en que la vio asustada en el tren, había sentido el impulso de ayudarla y protegerla y desde entonces pensaba en ella a cada momento. Por la mañana la había estado mirando en la Iglesia, diciéndose que Isolda rezaba como él creía que debía rezar una mujer: no sólo con los labios, sino con el alma entera.

En el lugar de ella, Hermione o cualquier otra de sus amantes hubiera hecho todo lo posible para llamar su atención. Isolda, en cambio, se había olvidado por completo de él.

Pensó que nada podía ser más bello que la joven cuando levantó la mirada hacia los cristales y su perfil se recortó sobre el fondo de las oscuras paredes.

«¡Qué bonita es!», se decía. «¿Cómo puede su Tío tratarla de manera tan cruel?»

Pensar en lo mucho que había sufrido hacía que se sintiera furioso.

Al igual que otras veces, anhelaba abrazarla y asegurarle que no tenía por qué regresar a aquel purgatorio. Observó la amabilidad y consideración que ella mostraba hacia los invitados de más edad y con qué atención los escuchaba, a la vez que hacía comentarios inteligentes.

Seguro que Hermione se habría muerto de aburrimiento si hubiera tenido que conversar con otro hombre que no fuera él.

Isolda era muy diferente a las demás mujeres. Mirándola, él se olvidaba de que había otros invitados en su Casa y pensaba solamente en ella y en sus problemas.

«Tengo que ayudarla», se repetía, mas no sabía la forma de hacerlo.

Al pasear juntos por el Campo se había dado cuenta de que tenían las mismas ideas.

Aunque no hablaran, por el solo hecho de estar al lado de la joven, se sentía feliz.

—¡Isolda es mía! —exclamó ahora en voz alta—. ¡Me casaré con ella digan lo que digan!

Era consciente de las dificultades que esto acarrearía, sobre todo con su Madre, que lo amaba, estaba orgullosa de él y, como todas las madres, anhelaba lo mejor para su Hijo.

«¿Cómo podré explicarle, cómo podré convencerla de que Isolda es lo mejor para mí? Si no puedo casarme con ella, regresaré a Londres para enfrentarme al Conde y, si es necesario, al divorcio».

Sin embargo, lo último que deseaba hacer ahora era casarse con Hermione. Su belleza lo había emocionado, mas para ser sincero consigo mismo debía admitir que no tenían nada en común. Seguro que Hermione se aburriría mortalmente en el Castillo sin su corte de admiradores.

La belleza de los páramos, del río y del mar no podía competir con la belleza que ella veía reflejada en su espejo.

—¡No estoy dispuesto a perder a Isolda! —exclamó con firmeza.

Estaba decidido a luchar por ella como nunca había luchado por nada en toda su vida.

Capítulo 7

UN Lacayo despertó a su Amo temprano y éste se levantó y vistió de inmediato.

Había estado soñando con Isolda y pensaba en ella cuando iba por el pasillo hacia el Comedor para Desayunar. Sin embargo, Douglas lo estaba esperando al final de la escalera.

—Buenos días, Señoría. Supongo que le gustará saber que la mujer que trajo ayer al Castillo con su familia ha dado a luz un niño.

—Iré a verlos —decidió el Duque y se encaminó hacia las Caballerizas.

En el patio vio a los dos chiquillos jugando a la pelota con uno de los Mozos de Cuadra.

Cuando entró en la pequeña Cocina no le sorprendió encontrar a Isolda junto a la ventana. Era de esperar que estuviera preocupada por el recién nacido.

Él no habló, pero como si hubiera presentido su presencia, Isolda se dio la vuelta y el Duque vio que tenía al bebé en brazos.

Ella lo miró a través de la habitación y, en aquel momento, el mundo pareció detenerse.

El Duque sintió como si se hubieran encontrado a través del tiempo y del espacio.

¡Nada podría separarlos!

Isolda bajó los ojos y dijo:

—He aquí un nuevo Miembro del Clan de Su Señoría.

El Duque se acercó y, en aquel momento, el bebé emitió un leve lloriqueo.

—Creo que necesita a su Madre —dijo ella y se lo llevó a la otra habitación.

El Duque pudo oír cómo conversaba con la otra mujer. Entonces entró el Padre y Su Señoría le dijo:

—¡Enhorabuena! He sabido que tiene otro hijo. Espero que su esposa se encuentre bien.

El hombre musitó algunas palabras de agradecimiento en gaélico y, arrodillándose, besó la mano del Duque.

A continuación el Duque regresó al Castillo y subió al Comedor. Tal como esperaba, los hombres del grupo se daban prisa para ir al río. Beryl y Deborah se proponían acompañarlos. Cuando terminaron el desayuno, el Duque los acompañó a la puerta y les ayudó a subir a los vehículos.

—¿No vienes con nosotros, Kenyon? —preguntó Hugo.

—Más tarde —respondió el Duque—. Tengo algunos asuntos que atender primero.

—Entonces procuraremos dejarte algunos salmones — bromeó Anthony.

El Duque los vio alejarse llenos de animación.

La noche anterior había hecho preparativos para que los mayores pescaran en la parte más baja del río.

Los hombres más jóvenes irían arriba, donde los cauces eran más irregulares y la pesca más difícil.

Al regresar al Comedor pensaba que más tarde Isolda podría acompañarlo y lo mucho que iba a disfrutar enseñándole a pescar.

Su Madre estaba terminando el Desayuno.

—Por fin llegas, Kenyon —dijo—. Me preguntaba qué te había pasado.

—He ido a conocer al nuevo miembro del Clan — respondió él.

La Dama sonrió.

—Sí, he sabido que esa pobre mujer tuvo otro hijo anoche y le he pedido a la Señora Ross que busque algunas ropitas para él. ¿Vas a pescar?

—Primero quiero ver a mi Representante.

La Duquesa sospechó que su hijo estaba molesto con aquel hombre.

—Creo que el Señor McKay está ya un poco viejo para su cometido —comentó—. Deberías sugerirle que se retire, Kenyon. Podemos buscar un hombre más joven para que lo reemplace.

—Estoy seguro de que es lo más adecuado, Mamá.

El Duque se había servido el Desayuno y tomó asiento.

—No te habrás olvidado de que mañana por la noche es el Baile, ¿verdad? —preguntó la Duquesa—. Estoy esperando que me digas...

En aquel momento entró Douglas y se acercó al Duque.

—El correo acaba de traer varias cartas, Señoría. Las he puesto en el Estudio, pero hay una dirigida a la Señorita Corde...

—Déjala sobre la mesa. La Señorita vendrá a desayunar dentro de unos minutos.

Douglas hizo lo que se le indicaba y salió del Comedor.

La Duquesa se puso de pie.

—Tengo muchas cosas pendientes, Kenyon —dijo—, pero me gustaría hablar a solas contigo más tarde, cuando tengas un momento.

—Por supuesto, Mamá.

El Duque sabía exactamente lo que su Madre quería saber y se preguntó qué diría cuando le comunicara con quién había decidido casarse.

Isolda llegó con las mejillas encendidas y los cabellos un poco revueltos por el viento, lo que indicaba que había subido de prisa.

—Siento venir tan tarde —se excusó—, pero la Partera tenía muchas recomendaciones que hacerme.

El Duque sonrió.

—No hay nada con lo que los escoceses disfruten más que un nacimiento o un funeral.

—Mi Madre me contó que las mujeres no pueden asistir a los funerales en Escocia —dijo Isolda—, pero es tradicional que estén presentes en los nacimientos, ¿verdad?

El Duque se acercó al aparador.

—¿Qué deseas comer? —preguntó—. Hay bastante para escoger.

Isolda hizo un ademán ambiguo. No le importaba lo que comiera con tal de estar junto a él.

El Duque le sirvió pescado y, al ponerle el plato delante, le comunicó:

—Hay una carta para ti.

—¿Una carta?

Entonces reparó Isolda en el sobre que había sobre la mesa y, al reconocer la letra, palideció.

—Desayuna primero —le aconsejó él.

—No, no... Es de Tío Lionel. Seguro que está furioso.

Cuando ella tomó la carta, el Duque se dio cuenta de que le temblaban las manos. Pensó que sería un error discutir al respecto, así que ocupó de nuevo su lugar a la cabecera de la mesa. Isolda, que aún no se había sentado, rasgó el sobre y sacó el pliego que contenía.

El Duque apretó los puños al observar lo trastornada que se la veía. Ella leyó la carta y, por un momento, permaneció inmóvil. Después, profiriendo súbitamente un grito como el de un animal caído en la trampa, tiró la carta sobre la mesa y salió corriendo de la habitación.

El Duque cogió rápidamente la hoja de papel y leyó lo que el Marqués había escrito.

Como te fuiste a Escocia en lugar de regresar aquí como se te indicó, he puesto el hecho en conocimiento de la Policía para que te haga regresar bien custodiada. Por otra parte, pienso llevar al Duque de Strathvegon ante los Tribunales, acusado de secuestrar a una menor. Ese será su castigo. En cuanto a ti, ya recibirás el tuyo cuando vuelvas.
Derroncorde.

El Duque se quedó mirando el papel como si no pudiera creer lo que había leído.

Mas no tardó en reaccionar y se dijo que debía ver a Isolda.

Le diría que no iba a permitir que regresara con su Tío ni que recibiera el castigo que él pensaba infligirle. Se acercó a la puerta, pero su percepción lo hizo mirar por la ventana y vio salir a Isolda por una puerta lateral y atravesar corriendo la terraza en dirección al Jardín. Se preguntó a dónde iría y al momento adivinó la respuesta.

Arrojando la carta al suelo, salió del Comedor, corrió escaleras abajo y al llegar al piso principal, salió por la misma puerta que Isolda.

Desde la Terraza alcanzó a ver cómo la joven cruzaba las rejas que separaban el Jardín de los acantilados. Entonces corrió con mayor rapidez que nunca en su vida, pues sabía lo que ella pensaba hacer.

A la orilla del mar había un muelle de madera. Cuando el Duque llegó allí, Isolda ya se encontraba en el extremo opuesto mirando a las aguas. Isolda estaba pensando que, como no sabía nadar, las olas la arrastrarían y se ahogaría en unos segundos. Súbitamente, los brazos del Duque la envolvieron y la alejaron del borde del Muelle. Por un momento le resultó difícil comprender que él se encontraba allí.

Después gritó:

—¡No, no me detengas! ¡No hay otra solución!

—¿Cómo pretendes hacer algo tan censurable? — preguntó el Duque.

—¡He de hacerlo! —gritó ella—. ¿No entiendes? Tío Lionel planea formar un escándalo que te perjudicará a ti gravemente. Si yo estoy muerta.... estarás a salvo.

—¿Lo haces pensando en mí? —exclamó el Duque—. Mi dulce y precioso amor, ¿cómo puedes ser tan insensata? ¡Si te pierdo, perdería lo único que realmente me importa en la vida!

Ella lo miró desesperada.

—¡Pero tú... no debes quererme! Yo sólo puedo causarte daño.

—¡Lo único que puede causarme daño sería el perderte!

Mientras hablaba, el Duque la abrazó más fuerte y ella, sin poder resistirse ya, escondió la cara en su pecho.

—¡Eres mía! —gritó él, apasionado—. ¡Y si tenemos que luchar contra todo el mundo, lo haremos!

Isolda, mientras el llanto inundaba sus ojos, dijo:

—Escúchame, por favor, tú no debes exponerte por salvarme. Yo te amo, te amo con todo mi corazón y no puedo permitir que te hagan daño o se burlen de ti.

Los ojos del Duque reflejaban una infinita ternura cuando declaró:

—Así es como quiero que mi esposa piense en mí, que me proteja y me ame.

Vio que Isolda iba a protestar de nuevo y agregó:

—Vamos a regresar para enfrentarnos con el mundo y, digan lo que digan los demás, no nos separaremos.

—Es un error... en lo que a ti se refiere —murmuró Isolda.

—No —la contradijo el Duque—, no es un error, sino lo más acertado, porque eres mía y yo te necesito.

Le rodeó la cintura con el brazo y la condujo lentamente hacia el Jardín. Al llegar a éste se detuvieron y él la abrazó una vez más.

—¡Te amo —dijo— y nada más me importa en el mundo!

Isolda abrió la boca para responder, pero él lo evitó con sus labios.

La besó hasta que Isolda no pudo pensar en otra cosa que no fuera los latidos de su corazón y las sensaciones que él despertaba en su cuerpo. Pero cuando sentían como si volaran hacia las estrellas, hubieron de regresar bruscamente a la tierra. Apartándose del Duque, Isolda preguntó llena de temor:

—¿Qué voy a hacer cuando venga... la Policía... para llevarme?

—Ya tengo la solución a eso —aseguró el Duque—. Vamos a mi Estudio para discutirlo.

Isolda lo miró desconcertada y él la tomó de la mano. Estaban a punto de entrar en el Castillo por la misma puerta que habían salido, cuando Douglas les salió al encuentro.

—El Comandante de Policía se encuentra aquí para ver a Su Señoría —anunció—. Viene con un agente que está esperando fuera en el coche.

Isolda dejó escapar una exclamación y el Duque le apretó la mano, pues se dio cuenta de que pretendía echar a correr.

—¿Dónde está el Comandante?

—En el estudio, Señoría.

—Pide a la Señora Duquesa que se reúna con nosotros allí. Yo iré dentro de unos momentos.

—Muy bien, Señoría —respondió Douglas y se retiró.

Isolda miró al Duque muy, asustada.

—Yo... podría huir y esconderme —sugirió—. Con.. con algo de dinero podría arreglármelas.... desaparecer.

El Duque sonrió:

—Creo, mi amor, que a cualquier parte donde fueras, todos sentirían mucha curiosidad por una joven tan bonita.

—¡Por favor! —gimió Isolda—. La policía me detendrá y me obligará a regresar con Tío Lionel.

El Duque la hizo entrar en la casa y sin soltarla de la mano por miedo a que intentara escapar, la llevó a un Saloncito de la planta baja.

Tras cerrar la puerta, dijo:

—Escúchame, amor mío, quiero que confíes en mí.

—Tú sabes que así es —respondió Isolda—, mas tienes que comprender que Tío Lionel es un hombre muy vengativo y está decidido a perjudicarte al precio que sea. ¡Si él amenaza con destruirte, lo hará!

—Sé exactamente lo que se propone —dijo el Duque—, y tengo el modo de anular sus manejos.

—¿Lo tienes? —preguntó Isolda.

En sus ojos brillaba un destello de esperanza.

El Duque le soltó la mano y la abrazó.

—Yo te amo y sé que tú me amas también —dijo—. ¿Me prometes hacer exactamente lo yo te diga?

—Lo... lo prometo.

El Duque acercó sus labios a los de ella y la besó de manera exigente y posesiva, hasta sentir que había hecho suyos el alma y el corazón de Isolda.

—Bien —dijo después—. Ahora vamos a despachar al Comandante para poder hablar tranquilamente de nosotros dos.

Abrió la puerta sin esperar a que ella respondiera y, tomándola de la mano, la condujo al Estudio.

Al llegar notó como Isolda se estremecía y pensó que iba a dedicar toda su vida a evitar que aquello volviera a suceder.

La Duquesa se encontraba sentada en un sillón junto a la chimenea. El Comandante, un hombre alto y maduro se encontraba en pie junto a ella. Al ver al Duque se dirigió hacia él con la mano extendida.

—Buenos días, Señoría. Me alegra mucho volverlo a ver. Siento que la razón de mi visita sea tan desagradable.

—El Comandante dice —intervino la Duquesa— que el Marqués de Derroncorde insiste en que su Sobrina regrese junto a él de inmediato y que se propone interponer una acción legal contra ti ante los tribunales ingleses.

—Ya lo sé —respondió el Duque—, pero eso es algo que el Marqués no podrá hacer.

—Me temo que, como Tutor de la Señorita Corde, el Marqués está en su derecho —señaló el Comandante.

—Supongo que le han dado instrucciones de que haga regresar a su Sobrina, la Señorita Isolda Corde.

—Así es.

—¡Pues eso es imposible!

—¿Imposible? —repitió sorprendido el Comandante.

—Completamente imposible —afirmó el Duque—, por la sencilla razón de que la Señorita Isolda Corde ya no existe.

La Duquesa quedó asombrada y el Comandante miró al Duque con incredulidad, mientras Isolda contenía la respiración.

El Duque enlazó su brazo con el de ella y le cogió la mano.

—Comandante —dijo con un tono de voz solemne—, permítame presentarle a mi esposa, la Duquesa de Strathvegon.

Por un momento nadie habló. Después el Duque se volvió hacia Isolda y le dijo:

—Amor mío, dile al Comandante que eres mi esposa. Y ella lo hizo en voz muy baja:

—Sí..., soy tu esposa.

Como si entendiera lo que había ocurrido, los ojos del Comandante brillaban cuando extendió la mano.

—Permítanme felicitar a Sus Señorías —dijo—. Ahora veo que, dada tan feliz circunstancia, mi visita ha sido completamente innecesaria.

—No por completo —repuso el Duque—, porque deseo que tome nota de que estamos casados y de que usted y mi Madre han sido testigos.

Fue entonces cuando la Duquesa logró hablar:

—¿Cómo imaginar, Kenyon, que tú ibas a *casarte por consentimiento*? ¡Esto es algo que nadie más debe saber!

—Eso es lo que yo pienso también —convino él—, así que mañana en la noche, durante el Baile, anunciarás mi Compromiso tal como habías planeado, y podrá publicarse en *La Gaceta* antes que el Marqués se entere de que ya no tiene ninguna autoridad sobre su Sobrina. Después se volvió hacia el Comandante y dijo:

—Estoy seguro de que podemos confiar en que usted sabrá guardar este secreto y dejará que mi Madre anuncie nuestro Compromiso. Después seguirá la Boda, a la cual podrá asistir todo el Clan.

—Su Señoría puede confiar en mí —aseguró el Comandante—, con la sola condición de que me invite a la Boda.

—Será un Invitado de Honor —dijo el Duque con una sonrisa—. Y creo que ahora debe ser usted el primero en beber por la salud de mi esposa y por nuestra felicidad.

—¡Nada podría darme mayor placer! —manifestó el Comandante.

Un poco más tarde, cuando el Duque lo acompañó hasta la puerta, la Duquesa quedó a solas con Isolda.

Por un momento las dos mujeres se miraron y, de pronto, la joven se postró de rodillas junto al sillón de la Duquesa.

—¡Perdóneme, perdóneme, Señora! —suplicó—. Sé que es un error que me case con su hijo, siendo él tan importante, pero cuando yo traté de... desaparecer en el mar para salvarlo, él me detuvo.

La Duquesa lanzó un grito de horror.

—¿Por eso corrías por el Jardín? Pero, mi Querida niña, ¿cómo pudiste pensar en hacer algo tan equivocado?

—¡Yo quería salvar a su hijo de la perversidad de mi Tío Lionel!

—Entonces debemos hacer cuanto esté en nuestras manos para evitarlo —dijo la Duquesa.

—Sí, pero... ¿cómo? —preguntó Isolda desesperada.

Con los ojos llenos de lágrimas, aseguró a la dama:

¡Yo lo amo! Lo amo con todo mi ser y preferiría morir antes que causarle el menor sufrimiento.

La Duquesa extendió una mano y la puso sobre el hombro de la joven.

—Mi Querida niña —dijo—, eres exactamente la esposa que yo deseaba para Kenyon: alguien que lo ame por sí mismo y no porque es Duque.

La Duquesa suspiró antes de agregar:

—Y como somos mujeres inteligentes, estoy segura de que encontraremos la manera de evitar que él sufra un daño.

—¡Sí, sí, por favor! —suplicó Isolda—. Yo haré cualquier cosa que usted me pida.

La Duquesa quedó pensativa unos momentos y después dijo:

—¿Lo he soñado o me dijo alguien que tu Madre era una Sinclair?

—Sí, Mamá era una Sinclair y por eso yo siempre quise venir a Escocia. Mi Madre nació y vivió en Caithness hasta que se casó.

—Eso ciertamente hace que las cosas sean más fáciles —dijo la Duquesa como si hablara consigo misma. Pero antes que pudiera explicar el porqué, se abrió la puerta para dar paso al Duque.

—Mamá, siento mucho si esto ha sido una sorpresa para ti —dijo acercándose a su Madre—. Iba a decirte lo mucho que amo a Isolda, pero esta mañana ella recibió una carta de su Tío en la cual le comunicaba sus planes diabólicos para humillarla a ella y a mí.

—¡Se está comportando de la manera más abominable! —dijo la Duquesa y suspiró—. Bien, yo tengo muchas cosas que planear para mañana, así que los dejaré solos. Estoy segura de que es lo que más desean.

—Te estás comportando de una manera maravillosa, Mamá.

—Mañana, cuando anunciemos tu Compromiso, daremos el primer paso para resolver los problemas, después tendré que pensar en el siguiente.

La Dama sonrió a su hijo y se volvió hacia Isolda para besarla en la mejilla.

—Me siento encantada de tener por nuera a una escocesa —dijo y salió de la estancia.

Cuando se cerró la puerta, Isolda se refugió en los brazos del Duque.

—¿Cómo puedes haber sido tan hábil y maravilloso para casarte conmigo de esa manera tan extraña? — preguntó—. ¡Tú me has salvado de tener que volver con Tío Lionel!

—¡Ahora que eres mi esposa, nada ni nadie te volverá a hacer daño! —prometió él.

—¿Y... es legal nuestro matrimonio?

—Como escocesa, deberías saber que si dos personas declaran ante testigos ser esposo y esposa, estarán casados tan legalmente como si lo hubieran hecho en una Iglesia. Es una de nuestras viejas tradiciones.

Isolda aspiró hondo. Se sentía como si acabara de volver a nacer.

—¡Casi no puedo creerlo! ¡Esto es lo más glorioso que jamás me ha sucedido!

El Duque la estrechó entre sus brazos.

—Eso es lo que quiero que pienses y que sigas pensando por el resto de tu vida —le dijo con ternura.

Más tarde, cuando se reunieron con los demás en el río, el Duque enseñó a Isolda a pescar y ella pescó su primer salmón.

Estaba tan emocionada que los demás comenzaron a gastarle bromas diciendo que iba a tener que disecarlo o nadie creería, cuando lo contase, que lo había pescado realmente.

Tan pronto como regresaron al Castillo, Anthony insistió en que las jóvenes practicaran los bailes regionales que se iban a presentar al día siguiente.

El Duque se les unió y pudo admirar lo bien que bailaba Isolda.

Le resultaba imposible ver otra cosa que no fuera la felicidad de sus ojos y la sonrisa de su boca.

Luego, cuando los hombres fueron a vestirse para la Cena, Hugo le dijo al Duque:

—Quiero hablar contigo un momento.

Entraron en el estudio y, para sorpresa del Duque, su amigo de toda la vida parecía cohibido ante él.

—¿Qué sucede, Hugo? —le preguntó.

Por un momento pareció como si éste no encontrara las palabras con las cuales expresar lo que tenía en la mente, pero al fin dijo:

—Tengo sospechas de por qué tu Madre decidió ofrecer el Baile.

—Supongo que también has adivinado que George Wallington amenazaba con matarme —repuso el Duque.

—Conociendo a Wallington, todos temíamos que eso sucediera antes o después.

Hugo permaneció en silencio un momento y después continuó:

—Me preguntaba si... si ya habrías tomado una decisión de a cuál de las jóvenes invitadas le vas a pedir que sea tu esposa.

El Duque levantó una ceja en gesto de sorpresa.

—¿Te importa mucho?

—La verdad es que sí —respondió Hugo—. Sabes tan bien como yo que ni a Deborah ni a Beryl les permitirían rechazar a un Duque.

—Y a ti te interesa Deborah Fernhurst, ¿no?

Hugo dio unos pasos por el Estudio.

—Yo no soy Duque —dijo—, pero cuando mi Padre muera, ocuparé su lugar en el Parlamento. Mi madre es americana y, como también sabes, gracias a ella soy muy rico. Si tú no estás en la competencia, seguro que Fernhurst me da la bienvenida con los brazos abiertos.

El Duque rió.

—¡Mi querido Hugo, tienes mis más sinceras felicitaciones!

—¿Lo dices en serio? —preguntó Hugo.

—¡Completamente en serio!

—Quizá no lo creas, Kenyon, pero ahora sí estoy enamorado, cosa que jamás pensé que pudiera suceder — explicó Hugo.

—¡Me parece estupendo! —manifestó el Duque—. Debes decirme qué quieres como Regalo de Bodas.

—¡Tendrá que ser algo muy caro! —contestó Hugo en broma.

Como se hacía tarde, el Duque pudo ponerlo como excusa para evitar que su amigo le preguntara si iba a casarse con Beryl.

Después, mientras se vestía, pensó que la persona que más aliviada se sentiría con el anuncio de su Compromiso sería precisamente Lady Beryl Wood que, según le había contado su Madre, estaba muy enamorada de otro.

El Duque pensó que el destino había tejido su red para que no hubiera de casarse con una mujer a quien sólo le interesara su Título. En cambio, había puesto en su camino a Isolda, que llenaba plenamente su corazón.

Si el Duque se sentía feliz, para Isolda era como si todo el mundo estuviera inundado de una luz celestial.

«¡Lo amo! ¡Lo amo!», se repetía mientras se bañaba antes de la Cena.

«¡Lo amo!», gritaba su corazón mientras la Doncella la ayudaba a ponerse un precioso vestido arreglado por las hábiles costureras de la Duquesa.

«¡Lo amo!», parecían decir sus zapatos al resonar por el pasillo cuando iba al encuentro del Duque.

El la estaba esperando en el Salón, resplandeciente con su ropa de etiqueta.

Había otras personas presentes, pero cuando ambos se miraron a los ojos, todo pareció desaparecer y sus corazones se decían:

«¡Te amo! ¡Te amo!»

Al final de la deliciosa Cena, los gaiteros tocaron alrededor de la mesa y a Isolda le pareció que cada nota era un himno a su felicidad.

¡Ahora iba a poder vivir en la belleza de Escocia como siempre había deseado!

Tras un rato de sobremesa, la Duquesa se puso de pie y dijo:

—Como mañana todos vamos a trasnochar, debemos irnos a descansar temprano.

Los hombres protestaron, pero la Duquesa fue inflexible.

Las jóvenes se despidieron y los mayores se sintieron contentos de poder retirarse a descansar después de la jornada en el río.

Cuando todos se habían retirado ya del Salón, excepto el Duque, su Madre e Isolda, la Dama dijo:

—Tengo algo que comunicarte, Querida, y espero que te parezca buena noticia.

Isolda la miró con cierta aprensión.

El Duque, protector, le pasó un brazo por los hombros a su prometida.

—¿De qué se trata, Mamá?

—Esta tarde me puse en contacto con Sir John Sinclair —dijo la Duquesa—, quien, como sabes, Kenyon, es el Sexto Barón del título y Jefe de los Sinclair de Caithness-shire.

El Duque asintió sin hablar.

—Sir John vive en el Castillo de Dunbeath, que está muy cerca de aquí, y yo fui a visitarlo esta tarde.

La Duquesa miró a Isolda cuando agregó:

—Sir John está encantado de que su Prima se case con mi Hijo y mañana anunciará el Compromiso durante el Baile.

—¿No... no le importa hacerlo? —preguntó Isolda.

—Sir John Sinclair se sintió honrado de que se lo pidiera —le aseguró la Duquesa—. No sabe nada, absolutamente nada, acerca de tu padre y al parecer, tampoco la gente de esta región del País.

Isolda puso su mano en la del Duque y él se la oprimió cálidamente.

—Lo que mañana noche sabrán todos —prosiguió diciendo la Duquesa— es que tu Abuelo fue el Quinto Barón del Título, que murió en 1842 y era, como todos los Sinclair, —descendiente de los Condes de Caithness.

La Duquesa sonrió a Isolda.

—Debes saber, hija mía, que nadie es más respetado ni admirado que Sir John en esta región de Escocia. Al anunciar tu Compromiso dirá que tú eres la Nieta del Quinto Barón de Sinclair y que tu Abuelo Paterno fue el Segundo Marqués de Derroncorde.

Con un brillo malicioso en la mirada, la Duquesa concluyó:

—Por cierto, no hubo necesidad de mencionar a tu Tío Lionel en la nota sobre el Compromiso que ya he enviado a los periódicos.

Isolda miró al Duque con lágrimas en los ojos.

—¡Qué lista eres, Mamá! —exclamó él—. Debí suponer que tú vencerías el último obstáculo con mucho estilo.

La Duquesa rió.

—Aún queda uno antes de la Boda que tendrá lugar el próximo sábado: tenemos que proveer a la novia de un ajuar.

Le sonrió a Isolda y agregó:

—Así que he encargado que los vestidos más hermosos que haya nos sean enviados de Inverness en un tren, Kenyon, que ya partió esta tarde para traerlos.

El Duque lanzó una exclamación de regocijo y besó a su Madre efusivamente.

—¡Mamá, eres un genio!

—No —terció Isolda—, es mi Hada Madrina, a quien necesitábamos para completar nuestro Cuento de Hadas. Las lágrimas le corrían por las mejillas, pero eran lágrimas de felicidad y, cuando la Duquesa abandonó la estancia, el Duque se las enjugó tiernamente.

—Si lloras —dijo—, voy a pensar que ya te estás arrepintiendo.

—¿Cómo puedes decir algo tan absurdo? ¿Cómo podría arrepentirme de ser dueña de alguien tan maravilloso como tú?

—Eso es lo que tienes que seguir pensando por los próximos sesenta años —dijo él y la besó en los labios.

Seguidamente, los dos se dirigieron del brazo a la habitación de Isolda.

Cuando entraron vieron que había un pequeño fuego encendido en la chimenea, pues hacía frío por las noches. Junto a la cama encortinada lucían tres velas en un candelabro.

El Duque miró prolongadamente a Isolda antes de decir:

—Ya eres mi esposa, pero si lo prefieres, esperaré hasta después de nuestra Boda en la Iglesia.

Ella le puso los brazos alrededor del cuello.

—Soy tuya —susurró—, completa y absolutamente tuya. Lo único que quiero es que tú... me ames.

—¡Eso es lo que quería oír! —exclamó él y la besó antes de salir de la habitación.

Isolda se desvistió y, tras ponerse el camisón, se acercó a la ventana y apartó las cortinas. Las estrellas brillaban sobre el mar y la luz de la luna rielaba en las olas.

Si hubiera hecho lo que pretendía, pensó, ya no estaría viva. Mas ahora iniciaba una nueva existencia, plena de amor y felicidad.

—¡Gracias, Dios mío, gracias! —musitó con fervor.

Entre las estrellas le pareció ver a su Padre sonriendo y diciéndole que ella había triunfado en una carrera difícil, en contra de todos los pronósticos.

Se apartó de la ventana y se metió en la cama, sintiendo que su corazón latía con fuerza inusitada mientras esperaba. Poco después entró el Duque y, por un momento, a ella la venció el pudor. Mas cuando él se acercó, ella le tendió las manos.

—¡Eres perfecta, amor mío! —exclamó el Duque sentándose en la orilla del lecho—, No quiero hacer nada que creas que está mal, o quizá quieras tener algún tiempo para pensar en nuestro matrimonio antes que yo te haga mía.

—No... no tengo nada que pensar —respondió Isolda—, sino simplemente sentir lo maravilloso que eres. El amor, como quiera que venga, es un regalo de Dios, así que... ¿cómo podría rechazarlo?

El Duque sonrió.

—Sólo tú podrías darme la respuesta oportuna... Eso es lo que tú me pareces a mí: un regalo del cielo.

Se metió en la cama y la abrazó con ternura. Estuvo un rato contemplándola, mientras la luz de las velas se reflejaba en sus cabellos.

Pudo ver que ella lo miraba con sus enormes ojos en los cuales ya no se leía el miedo.

Ahora estaban llenos de un amor muy diferente al que las otras mujeres le habían manifestado.

Tal como ya había demostrado, Isolda quería defenderlo de cualquier cosa que pudiera herirlo.

Su amor era completamente desinteresado, de absoluta entrega.

Ya fuera que viviesen en un Castillo o en un fuerte derruido, si estaban juntos, aquel sería un hogar porque lo llenaba el amor que se tenían.

Como el Duque permanecía en silencio, Isolda lo miró interrogante.

—¿Y si ahora que estamos casados... tú te desilusionas de mí? —preguntó con voz que apenas era un susurro.

El Duque se echó a reír.

—¿Consideras eso posible? Yo estaba pensando en lo perfecta que eres, tan angelical y diferente a las demás mujeres, que me siento el hombre más afortunado del mundo entero.

Isolda lanzó una exclamación de felicidad.

—¡Oh, amor mío! Por favor, enséñame a amarte como tú deseas ser amado. Ayúdame a no cometer errores y yo trataré de ofrecerte lo que esperas de tu esposa.

—¡Representas ya cuanto siempre he deseado! —afirmó el Duque con voz grave.

Comenzó a besarla y siguió besándola hasta que la habitación se inundó de estrellas que brillaban no sólo en los ojos de la amada, sino también en sus corazones.

Mientras la luna brillaba sobre el mar e iluminaba la quietud de los páramos, Isolda sentía que toda la belleza y la gloria de Escocia estaba en los besos de su esposo.

—¡Te amo.... ah, te amo... ! —repetía.

El Duque también repitió las mismas palabras mil veces aquella noche.

Era como una melodía que llevaba en alas el viento de Escocia, donde sus corazones permanecerían siempre unidos.

Made in the USA
Middletown, DE
16 September 2021